周大新文集

走出盆地

ZOU CHU PEN DI

人民文学出版社

图书在版编目(CIP)数据

走出盆地/周大新著.—北京：人民文学出版社，2016
（周大新文集）
ISBN 978-7-02-011488-7

Ⅰ.①走… Ⅱ.①周… Ⅲ.①长篇小说—中国—当代 Ⅳ.①I247.5

中国版本图书馆CIP数据核字(2016)第058289号

选题统筹	付如初
责任编辑	付如初
装帧设计	陶 雷
责任校对	刘光然
责任印制	苏文强

出版发行　人民文学出版社
社　　址　北京市朝内大街166号
邮政编码　100705
网　　址　http://www.rw-cn.com

印　　刷　三河市鑫金马印装有限公司
经　　销　全国新华书店等

字　　数　140千字
开　　本　640毫米×960毫米　1/16
印　　张　14.25　插页2
印　　数　3001—5000
版　　次　2016年10月北京第1版
印　　次　2018年4月第2次印刷

书　　号　978-7-02-011488-7
定　　价　28.00元

如有印装质量问题，请与本社图书销售中心调换。电话：010-65233595

自 序

自1979年3月在《济南日报》发表第一篇小说《前方来信》至今,转眼已经36年了。

如今回眸看去,才知道1979年的自己是多么地不知天高地厚,以为自己的生活和创作会一帆风顺,以为自己可支配的时间多得无限,以为有无数的幸福就在前边不远处等着自己去取。嗨,到了2015年才知道,上天根本没准备给我发放幸福,他老人家送给我的礼物,除了连串的坎坷和成群的灾难之外,就是允许我写了一堆文字。

现在我把这堆文字中的大部分整理出来,放在这套文集里。

小说,在文集里占了一大部分。她是我的最爱。还在我很小的时候,就对她产生了爱意。上高小的时候,就开始读小说了;上初中时,读起小说来已经如痴如醉;上高中时,已试着把作文写出小说味；当兵之后，更对她爱得如胶似漆。到了我可以不必再为吃饭、穿衣发愁时，就开始正式学着写小说了。只可惜，几十年忙碌下来，由于雕功一直欠佳，我没能将自己的小说打扮得更美，没能使她在小说之林里显得娇艳动人。我因此对她充满歉意。

散文，是文集的重要组成部分。如果把小说比作我的情人的话，散文就是我的密友。每当我有话想说却又无法在小说里说出来时，我就将其写成散文。我写散文时，就像对着密友聊天，海阔天空，话无边际，自由自在，特别痛快。小说的内容是虚构的，里边的人和事很少是真的。而我的散文，其中所涉的人和事包括抒发的感情都是真的。因其真，就有了一份保存的价值。散文，是比小说还要古老的文体，在这种文体里创新很不容易，我该继续努力。

电影剧本，也在文集里保留了位置。如果再做一个比喻的话，电影剧本是我最喜欢的表弟。我很小就被电影所迷，在乡下有时为看一场电影，我会不辞辛苦地跑上十几里地。学写电影剧本，其实比我学写小说还早，1976年"文革"结束之后，我就开始疯狂地阅读电影剧本和学写电影剧本，只可惜，那年头电影剧本的成活率仅有五千分之一。我失败了。可我一向认为电影剧本的文学性并不低，我们可以把电影剧本当作正式的文学作品来读，我们从中可以收获东西。

我不知道上天允许我再活多长时间。对时间流逝的恐惧，是每个活到我这个年纪的人都可能在心里生出来的。好在美国麻省理工学院的布拉德福德·斯科博士最近提出了一种新理论：时间并不会像水一样流走，时间中的一切都是始终存在的；如果我们俯瞰宇宙，我们看到时间是向着所有方向延伸的，正如我们此刻看到的天空。这给了我安慰。但我真切感受到我的肉体正在日渐枯萎，我能动笔写东西的时间已经十分有限，我得抓紧，争取能再写出些像样的作品，以献给长久以来一直关爱我的众多读者朋友。

感谢人民文学出版社给了我出版这套文集的机会！

感谢为这套文集的编辑出版付出大量心血的付如初女士！

2015年春于北京

目　录

一步 …………………………………………………… 3
二步 …………………………………………………… 71
三步 …………………………………………………… 156

在久远的中生代时期，中原地区曾发生过一次剧烈的地壳变动，那次变动的结果，是一个巨大湖泊的形成和环湖山脉的崛起。又过了许久，由于四周水土流失沉积，那湖泊渐渐干涸而成为一片沃土，它上边长满了各种植物，当然也有供动物们充饥的果子。一群由黄河岸边向南迁徙的猿人发现了这些野果从而停下了迁徙的脚步，于是这地方开始有了人类。又一个时期过去，为了生活方便也因为文明的演进，居住在这里的人们把东边那道长满桐树、柏树的山脉起名为桐柏山，把横卧西、北两面那状如卧牛的山脉起名为伏牛山，把南边那道正午时可挡阳光的高山起名为武当山，把被三山围起来的地方叫做了南阳盆地！

一 步

抹在东天的那层血色已经褪去,云团开始变白,日头渐生出热力,一块云朝正升的日头扑去,被撞得粉碎,全成了絮。

瞎眼狗趴在柴垛那儿,在喘,身上的毛变成一绺一绺,几根肋骨隐约可见,但显然还不想被人们忘记,间或地叫上一声两声,音嘶哑,且低。

她帮着老四奶缠线。她看着线团在老四奶那青筋毕露、老皮丛集、微微发抖的手中慢慢变大。她总担心那线团会随时从老四奶的手上滚下,于是她扭了头,只机械地捧了线拐,让线不断地飞出去,就在那当儿,她发现在她脚前的一个土块下边,有一只蛹,那蛹像是在动。

……咱南阳盆地咋来的？这说来可是话长！实话说吧，这和玉皇爷的三闺女还有点关系。晓得玉皇有几个闺女么？七个，人称七仙女。最小的一个老七，不是下凡跟了董永嘛！这三闺女是七姐妹中长得最美的一个！腰身丰满匀称，脸蛋俏丽圆润，肌肤雪白粉嫩，眼睛乌黑水灵，浑身上下那股鲜嫩香艳样儿，男人只要看上一眼，嘴里就直流水水，舌尖尖就直想伸出去尝尝鲜味……

我听说了，没判你罪。这就好！这一灾总算又让你过去了！从今往后你自个可别再出头去办什么事，做官啦，学医啦，开诊所啦，办医院啦，连想都别去想！咱一个女人家，老老实实找个男人过日子是正事！人哪，都有个命，命里该你吃三升米，你想去吃一斗，能行？老天爷能答应？要都去争那一斗米吃，谁来吃三升？天下不就乱了？要我说呀，当个女人，只要找一个可心的男人，白日里在屋洗洗涮涮做点家务，也不累；夜里往他怀里一睡，任他那两手去摸你好受的地方，任他搓你揉你叫你小亲亲，还不觉着美？还要什么哩？你小时候的事都忘记了吧？你家尤其是你娘那阵的日子，过得比你如今还差，怎么样？她不是都忍过来了？

给三升我不干！只要有人吃一斗，只要男人们分一斗，凭啥只给我三升？我偏要挣来一斗吃！这回又败了，败就败，总有一天我会胜！她看了一眼四奶，慢吞吞地开口：小时候的事我已经记不大清了,我只记得我爷爷很瘦,一只手总拎一根长杆旱烟袋,另一只手端着一个盛烟叶的小簸箕,有一次我把他盛烟叶的小簸箕踢翻,他抡起烟袋就照我屁股上砸了一下,那烟锅真重,砸得我好疼。

你爷爷吸旱烟那是很晚的事了,早先他吸的可是鸦片烟!他就是因为吸鸦片才把身子吸得像个猴,吸得最后连那个东西也不管用了,你奶奶水灵灵的一个大姑娘嫁过来,他就是让她养不出一男半女,害得你奶奶整日到我这里哭,我就给她出主意:养个野汉子试试!你奶奶一听,就慌忙来捂我的嘴。

你们这门香火按说是要断的,可咱们这地方有规矩,弟兄俩只要有一个儿子,两门香火就都要续下去,办法是一门双承。一门双承就是给你爷爷的哥哥也就是你大爷爷的儿子娶两个老婆,一个由你大爷爷、大奶奶出钱娶;一个由你爷爷、奶奶出钱娶。由你大爷爷、大奶奶出面娶的媳妇你叫大娘,生的儿女续你大爷爷、大奶奶的香火,由你爷爷、奶奶出钱娶的媳妇就是你娘,你续的是你爷爷、奶奶的香火。按规矩,两个媳妇要同一天娶,同住在三间堂屋里。一个媳妇住东间,一个媳妇住西间,中间的屋里放两个衣箱,一个箱里放你大奶奶给你爹做的衣服鞋袜,另一个箱里放你奶奶给你爹做的鞋袜衣服。你爹要轮流去你大娘和你娘的屋里睡,一夜一换,时候要均。你爹要是去你娘房里睡时,就要在中间房里衣箱前换上你奶奶做的衣服、鞋袜,连裤带也要换。倘是去你大娘房里睡,就要全换上你大奶奶做的衣服、鞋袜,不留一个线头!我如今还清清楚楚记得你爹娶亲那天的事儿。你大娘的花轿和你娘的花轿是同时进庄的,一个从庄东头进,一个从庄西头进,两顶花轿后头都跟着响器班子,都吹的是《喜上门》。两个班子赛着吹,喇叭声震天动地、挟风裹雨,把你爹吹得昏头昏脑,迷三倒四。轿到门前,你爹慌里慌张上前迎时竟绊了一跤,栽了个跟头,嘴都碰到了你娘的腿上,爬起来时还放了个响屁,惹得看热闹的人们哄堂大笑。按照规矩,新婚头一夜你爹要在你大娘和你娘床上各睡半夜,可你爹大约是同你大娘折腾得时候太长,累了,一直睡到天快亮还不见醒,你娘在西房干等等不见你爹去,就哭了。那夜就是如今在那边蚕棚干活的光棍老七在听墙根,他那时也才十几岁。他听到你娘的哭声后,跑去喊醒了你奶奶,你奶奶就踮着两只小脚慌慌地去敲东窗户,敲了好久才把你爹敲醒,你爹这才急急忙忙跑到当间换鞋换衣裳,到西间钻进了你娘的被窝里。你爹的本事还真不小,没出两个月,就让你大娘和你娘都怀上了。

我听我娘说,在我前边,还有姐姐、哥哥,他们本可以活下来,可后来都走了,我娘说按排行我是老三,该叫三妮子。

那可是!要不是阴差阳错,你就是老三。你娘嫁过来不到俩月,就怀了孕,可她当时才十五岁,懂啥?怀到六个月时还敢拎着水罐子去井里打水,结果脚下一滑,一屁股坐到了井台上,水罐子碎了,一摊血也流了出来。气得你奶奶骂天骂地,也吓得你娘两天不敢吭气。到第二年,你娘又怀上了,这一次你爷爷、奶奶啥活都不让她干,可怀了四个月后,一天早上你娘去茅房时,又是几团血块子流了下来。这一回你奶奶、你爷爷气极,非要弄清是怎么回事不可,就托我去问你娘,你娘就红着脸流着泪给我说了缘由。原来你爹那个不懂事的东西,老婆都怀几个月了,还敢上她的身子,上去了还又是晃又是碰。后来我就按你爷爷、奶奶的要求,找着你爹,朝他左脸和右脸各打了两个响巴掌。到第三年,你娘总算又怀上了,自从你娘怀上后,你奶奶就常去东庄娘娘庙里祷告,每次都从庙里带回一包保胎药给你娘吃。后来,你娘就生了你。你说这不是你娘命中的定数?定数呀,她只该有一个闺女!她这辈子该要受苦!我估摸着,在上一辈子里,她是享过福的,不是大户人家的女儿,就是富豪人家的儿媳,那一辈子把福享尽,这一辈子就该吃苦了!人哪,两辈子一个轮回,苦辣酸甜都是一个定数,上辈子哪样享得多了,这辈子就享得少,你信不信?

我上辈子享了哪些福?既然我自己都不知道,凭什么扣我这辈子的?我不管你定数不定数,我只要这辈子的福!她望了一眼老四奶,语气平静却别有意味:听我娘说,我生下来可有九斤四两重,那倒是一副享福的相!

一片被虫儿嚼断叶梗的桑叶离了枝头,在空中旋了几下,而后落地,躺那里,仰脸向天,一动不动。两只鸡以为有食物从高空落下,便咯咯咯奔过来,盯了那桑叶紧看一刹,待认清,才又敛起翅儿,悻悻离去。

她手捧着线拐,又把眼移去看那蛹,蛹又是一动,蛹壳顶部像是裂了一道缝。

……三仙女那日和二姐去香湖里洗澡,天宫里的规矩,仙女们的玉体要一天一擦,两天在香湖里一洗。香湖在南天门外,水碧清碧清还香气扑鼻,在这水里一洗,擦干穿上衣裙,能逆风香百步,顺风香三里。姐妹俩脱了衣裙在湖水里笑闹着游了一阵,那二姐就开了口说:晓得么,三妹,当初织女就是在这天湖里洗澡时,让牛郎偷去了衣裳。看见了么,牛郎是从那棵树后闪出来的。三仙女就惊起了双眉问:真的?边问边上岸,放胆撩开湖边上遮挡凡、天两界的云,往咱这凡间里望,这一望不打紧……

那是!你生下来是九斤四两重,这斤两在咱们庄里还从来没有过,是用李歪嘴家那杆秤称的!谁也不晓得你娘是怎么把你养那样重的。你娘平日也就是吃红薯干、包谷面,隔三岔五才吃顿白面条,十天半月才能煮个鸡蛋。我寻思着你八成特别贪吃,把你娘当姑娘时积存在肚里的东西都偷吃光了。

由于斤两大,生你时你可让你娘吃了苦。那天天没亮你就在你娘的肚里踢腾,疼得你娘在床上直滚,边滚边叫我的乖乖!日头出来时你的头露了露,可就是不再出来,你娘被折腾得肚里的黄水都吐净;血流了一瓢又一瓢,脸变得蜡白蜡白,我当时直担心你娘俩都要去了。后来我逼你娘强把两个煮熟的鸡蛋吃下去,又去老丁家借了一个铜锣来,趁你娘昏昏沉沉嗨哟嗨哟叫时,我冷不丁猛敲一下那锣,锣"咣"地一响,你娘一惊,牙一咬,你的头和肩可就出来了。你的腿还没全出来,在外间屋等着消息的你爷爷就急着问:是男是女?我们那时都估摸你是个带把的,要不然你在你娘肚里不会有那么大的动静,谁知道最后我伸手一摸,嗨!空的!你爷爷在外间一听是女的,惊得口中的烟袋都掉了,跟着就叹口气,说:"唉,盼了这么多年哟!"我当时怕你娘听到心里难过,就去外间把你爷推了出去。

因了你娘怀的前几个都没活下来,怕你也有三长两短、病病歪歪,在你落地三天之后,你奶奶托人把邓州府的八师爷请来。八师爷在你家喝了七两红薯干酒,然后从怀里掏出一个用桃木刻成的"手",那活脱脱像一只人手,有掌有指,掌上有纹,指上分节,"手"腕处用一根红丝线拴着。八师爷说,这叫护身符也叫命符!这东西只要让孩子戴在身上,保管她消灾避难,平平安安一辈子,说不定还可以享荣华富贵。后来,你娘就把这个符挂在了你的脖子上,来回晃荡,活像一般人家孩子戴的那种长命锁。

咱们这地方的规矩,孩子满月之后要摆席"做满月",可你满月之后,你爷爷那个老东西却说:一个丫头片子,就别再张扬了吧!把你娘委屈得直抱着你哭。还是我去找你奶奶说要讨个吉利,最后,算是摆了两桌酒席。在开席喝酒前,按照章法是要老辈的大人抱着孩子绕各桌走走让人看看夸夸的,可你爷爷、你奶奶和你爹大约是嫌你是丫头抱出去丢人,你推我我推你都不愿抱你,末后是你娘擦擦泪,红着眼眶抱你出去

9

沿两个桌子各走了一圈,你那阵儿许也是不满,走到第二张桌前就尿了,尿星子溅到了酒桌上,菜盘子里肯定落了不少。按习惯,一般是做满月那天要把孩子的名字定下来,而且这名字常要爷奶给起,可那天你爷爷一直不开口,你奶又想不出,最后还是我给你起了个"艾儿"的名字,"艾"就是咱们房前屋后长的那种草,能熏蚊子。我是想你生下来时艾正长得旺,就叫这个名算了,我问你娘喜欢不,你娘就含着泪直点头说:行。常言说男人是地上的土,女人是土中的草,你叫艾儿也算有了说讲。咱女人既然是草,不管是羊啃猪拱,还是牛踩人割,你就得忍着受着,不是吗?

女人不是草!男人要是土,女人就是水!没有水,土就会干裂成粉,就会被风吹走,就会寸草不生,就会毫无用处!要一定说女人是草,我就是那种蒺藜草,羊也不敢啃猪也不敢拱,牛也不敢踩人也不敢割!我凭啥任他们去折腾?

民国三十七年咱这里已经解放,你们家分了七亩地,又分了两间房,按说你家也该过好日子了,可工作队的女队长却注意到了你爹有两个老婆,说这是歧视妇女欺负女人,要你爹在你大娘和你娘中间选留一个,让另外一个自由。这一来可把你大爷爷、大奶奶、爷爷、奶奶、你爹、你大娘和你娘吓坏了,天啊,你爷爷、奶奶还暗暗指望能再抱一个孙子哩,这可怎么办?没法,就轮流着去找那个女队长求情,好话说了三箩筐,可女队长一口咬定要尊重妇女、遵守法律,必须两个选一。怎么选？你爹是你大爷爷、大奶奶的亲儿子,你大娘是你大爷爷、大奶奶给他娶的,再说你大娘已连养了两个儿子,跟她过日子往后也有盼头。你娘这边只有你一个丫头,日后还不是要当绝户？要说你爹也愿和你娘过,你娘脾性好,说话都不带高声;你爹平时只要是住在你娘这边,都是你娘给他端吃端喝;有时你娘还给你爹洗脚;你爹穿的衣服总是让你娘给收拾得利利落落。可真要让他两个选一,他当然只能选你大娘了。那天,女队长来给你娘说:"你今后就彻底自由了,可以另建幸福家庭。"你娘听后躺在床上哭得死去活来,半条被子都被泪水湿透,一直到半夜我才把你娘劝住。最后我问你娘,反正是分开了,你现在还有啥要她爹办的,可以给我说,我让他办去。你娘后来捂着脸抽咽着说:"别的啥也不让他办,我就是想再生个儿子,他要是愿意,就偷偷再来这里住几夜。"那时候你娘已经搬出了结婚时住的屋子,住到你爷爷、奶奶这边了,我把这话传给了你爹,你爹红着脸点点头,就在晚上偷偷去了。也是不巧,去第二回就被女队长撞见,女队长隔了一天把你爹叫去训道:"你已经和人家分开了,今后再去人家床上,就是不尊重女人,就是非法,懂吗？"这一次把你爹吓住,他以后就不敢再去你家了。再说,后来你大娘也把你爹管得很紧,你爹只要向你娘住的屋子望一眼,你大娘就骂:你个死东西,你吃了这嘴还想那嘴,老子告你去！

正因为我娘甘愿当一棵草,所以我爹抛开她一点也不可惜半点也不在意！我记得我爹离开娘之后,我们一天到晚就是吃红薯,偶尔吃一回面条,锅里也放满红薯块。我记得我娘总把她碗里少得可怜的几根面条拣到我的小木碗里,我们那时过的算什么日子?

日头又升高了许多,桑树树冠的阴影原本印在远处,这会儿移近了不少。树上的斑鸠窝在轻微摇动,一只雏鸠的头从窝边露出,羽毛微黑,尖喙发红。

瞎眼狗感受到了日头的热力,慢慢地伸个懒腰,低低叫一声,又接着睡。

她依旧在手上捧着线拐,让线飞到老四奶奶的线团上去。她又把目光移向了那个蛹,蛹在动。

……看见凡间的人都是男女成双成对地走路、做活、吃饭,而且在一个床上睡,三仙女当时就脸一红心一动。和二姐洗罢澡回天宫经南天门时,看见那守卫天门雄雄壮壮魁魁梧梧的南阳天将,双眸就禁不住黏在了他的身上,就把一个甜甜的柔柔的笑朝他递了过去,本来执戟站立神色肃穆的南阳,被三仙女这甜笑弄得身子一晃……

那些年是苦了你们娘俩!自你爹离开你娘后,你们家的日子过得真是紧巴,你娘一个人要忙家里,又要忙地里,能吃上红薯就算不错。所以有一天,工作队的女队长就去了你家,进门开口就对你娘说:大嫂子,你单身带个女儿过日子,还要伺候俩老人,多难呀!为啥不考虑再找个身强力壮的丈夫?

你才二十刚出头,多年轻!一辈子可是长着哩!有个丈夫恩恩爱爱过日子,多美!你娘一听这话,脸顿时就像泼血一样红开了,急忙端碗开水递过去堵住了她的嘴。

要说人家女队长这话也在理,你爹反正不去你娘那里了,让她一人把穷家顶起来还不累死她?再说,年轻轻的,夜夜独自睡床上,那滋味能好受?你如今也是过来人,我这话你总也能懂!

懂!现在懂那时不懂!那天晚上,娘把那只被倒塌了的鸡笼砸死的公鸡炖在锅里之后,附在你耳边悄声说:艾儿,娘求你去办件事,你悄悄去东院把你爹叫来,别让你大娘和你那些哥哥听见,让他来喝点鸡汤。你听后立刻撇了撇嘴,你当时十分不情愿,在你心里,你其实是十分恨爹的!你不想去叫爹,更不想叫他来喝鸡汤,你知道这鸡汤很香,又不多,爹来喝一碗,你和娘和爷爷、奶奶就要少喝一碗,可你不得不去,因为娘说是求你去办这件事的,你心疼娘,你不想让娘生气。于是你就去了,你是在大娘院门外看见爹的,你轻步走上前,扯了扯他的衣襟,你没有喊出声,你怕惊动了大娘和那几个哥哥,他们就也会来抢喝你的鸡汤。爹看见你,弯腰问:艾儿,有事?你把嘴对着他的耳朵,冷冷地说:娘叫你去一趟。你没有说出喝鸡汤,你期望爹找个借口不去,可爹小心地回头望了一下大娘的院门,就放轻步子跟在你身后走了。你当时很气,你断定爹肯定是闻到你娘熬鸡汤的香味了。真馋!爹进屋之后,你看见娘的两眼笑了,笑得脸都有些红。你撇了撇嘴,冷眼站到一旁,看娘怎样往碗里盛汤分鸡肉。你看见娘把一个鸡腿放到爷爷的碗里,把另一个鸡腿分到了爹的碗里,把鸡翅和鸡胸脯分给了你和奶奶,而娘自己的碗里只舀了半勺汤。你很生气,你把自己碗里的鸡翅用筷子夹出来放到了娘碗里。你想用这个法子告诉爹:我都舍不得吃看你还有脸吃!结果爹真不好意思了,把鸡腿夹到了你的碗里。你刚想伸手抓住吃,结果娘又把鸡腿夹起放回到了爹碗里说:你吃吧,她以后还有吃的。你非常生气,你觉得娘这是在讨好、巴结爹。结果爹把那鸡腿真吃了,还喝了满满一碗鸡汤,是娘给他盛的。你气得眼泪都流了出来,真馋!平时不帮我们干一点事,吃东西吃得倒挺快的!你赌气地只喝了几口汤,就说:不喝了。最后是娘把几块鸡肉又放到你的碗里,说:艾儿乖,艾儿听娘的话,把这些肉吃下去。吃了饭后,娘就催你去睡,平日里,吃了晚饭后,娘总是搂你在怀里讲故事,讲得你眼都睁不开了她才叹口气说:唉,咱们去睡吧。今日都是因为爹来了的缘故,她才催你去睡。你很不高兴地上了床,让娘脱了衣裳钻进被窝,但你并没有睡着,你假装着闭上了眼睛,你想听听爹吃了鸡肉喝了鸡汤后会向娘说点什么话,但你听不清,爹的声音很低,过了一阵,你听见娘压低声音喊:艾儿,艾儿。你没回答,你装着完全睡了,你想看看他们下边究竟要说什么。后来你听娘对爹说,孩子睡了。接着你就听到爹和娘向床边走来,脚步很轻,两人没有说话,你觉着奇怪,就睁开了眼,你看到爹正笑着在帮娘解衣服纽扣,娘的脸红红的。你当时非常生气,你觉得爹在吃了娘给他的鸡肉、鸡汤之后,起码应该答应以后帮娘挑挑水、劈劈柴的,结果只帮解几个衣扣?你禁不住气愤地大声叫:娘,衣扣我来解,不用他来帮!你的声音一响,爹和娘都骇然地怔住,娘急忙去掩她的怀,爹慌慌缩回他的手。你为了做给爹看,光着身子爬起来,伸手去帮娘解衣扣,娘一下子抱住你,你觉出娘的身子在瑟瑟发抖。你听见爹结结巴巴说:那……我……我……走……了……你没有回头去看爹,你在心里叫:你早就该走了!后来娘搂着你睡,你发现娘总睡不着,翻过来翻过去直叹气,半夜里你迷迷糊糊翻身时,碰到了娘的脸,娘的脸上全是水。许多年后你才明白你那晚做了什么……

所以我就劝你娘,听女队长的话,再找一个。可你娘一听我提这,就红了脸摇头指着你说:俺生是她爹的人,死是她爹的鬼,俺做事不能让俺的闺女骂俺!后来有一天,女队长突然就领了庄东头陈家药铺里的年轻郎中陈德昭去了你家。德昭家祖祖辈辈都行医,为人可好。德昭那年二十五岁,原配的老婆死了,给他留下一个男孩叫开怀,比你大两岁。他们进去时,我刚好在你家串门,那女队长进门就大声对你娘说:大嫂,我领了个人来,你们在一块谈谈,交个朋友。你娘见状,惊愣着问:谈啥?女队长就格格笑了,说:我问了陈德昭,他很敬佩你的为人,所以我想介绍你们交个朋友。我当下就猜出女队长的来意,就急忙给德昭让座、倒水。倘是你娘真能跟陈德昭过一家人,那可是不错。德昭那人长得高高大大,脸孔斯文白净,见人说话带笑,可是厚道人。我就催你娘去灶房烧两碗鸡蛋茶,可你娘却红着脸说:俺不要朋友,俺要名声,你们要不想坏俺的名声,就走吧!话这样一说,女队长和陈德昭就不好意思地站起了身,恰好这时,你爷爷拎着他那根长杆烟袋从后房里走来,睬起眼瞪了一下德昭,女队长就只好说:也罢,今天就说到这里。陈德昭你总还记得他吧?

记得。小时候,娘要是病了,我总是用头巾兜几个鸡蛋去庄东头药铺,站在柜台外喊:德昭伯,俺娘病了,来抓点药。于是德昭伯就走出柜台弯腰问我娘是怎样病的,哪里不好受,问清之后,就包好药递到我手上,告诉我怎么个熬法和吃法,接着又把我提来的鸡蛋递给我,说:拿回去,给你娘煎了吃。有时娘病得重了,德昭伯就匆匆提了他那个药箱上家里来,他给娘号脉时,脸总红得厉害。也就是从那阵子起,你开始常和德昭伯的儿子开怀在一起玩,使他以后成了钻进你心里的第一个男人!开怀当时虽比你长得高,可他不爱说话,不会爬树,不会掏鸟蛋,不敢和老鼠逗着玩,不敢到瓜地里偷瓜,也不敢去河里凫水,尽管这样你还是愿意和他在一起玩。同他一起玩你不仅不会挨骂不会挨打,而且常会听到他甜甜的喊声:小艾妹妹,小艾妹妹!你听见那喊声心里特别满意特别高兴,甘愿上树为他掏鸟蛋,下水为他折荷叶。你还特别愿听他吹箫,他有一支长长的暗红色的竹箫,据说那是他老爷爷传下来的,他会吹出很长的声音和很曲折的调,他尤其爱吹村里人都会唱的那个歌子:《坐花轿》。那歌儿你当时也会唱,是从娘那儿学来的,虽然你并不懂歌的意思,可只要开怀哥吹起箫,你就要跟着唱:

地上那个青哟，天上那个蓝，
　　十八岁的姑娘巧打扮；
　　披一身红哟，戴一顶冠，
　　冠上的穗子黄灿灿；
　　慢慢穿上绣花鞋，再用胭脂擦擦脸。
　　双眉儿黑，泪珠子闪，
　　心儿咚咚跳得欢。
　　喇叭那个响哟，花轿那个颠，
　　俺颤颤坐在轿里边；
　　轻轻伸出莲花指，
　　拨开轿帘看外面，
　　柳絮儿飘，银雀儿翻，
　　鞭炮屑儿飞上天……

　　你们家那时因为缺青壮男子，阳气不盛，压不住阴气，所以你娘和你那时总生病。你爷、你奶死后，就你们娘俩过日子，家里更是阴气上升，所以你和你娘身子总不安宁。天地之间无论啥地方都是阴阳二气相充。一个家要是阴阳相平，就会和睦平安！不过你那时幸好有八师爷给的那个桃木护身符护着！哦，对了，你还记得你爷爷奶奶死时候的事么？

　　奶奶怎么死的我不明白，爷爷死时我记得很清。那天早上他从床上撑起上身，让我娘在他的背后放一床被子，他靠着被子坐那里，慢慢地摸起放在床边的他那根长杆烟袋，哆哆嗦嗦地向烟锅里装烟。可因为他的手哆嗦得太厉害，烟锅总也装不满,于是他就喊:艾儿娘,给我装锅烟。我娘正在灶前忙活,就喊我:艾儿,给你爷爷装锅烟。我就跑到床前,往他的烟锅里装烟丝,烟丝装满,他哆哆嗦嗦地噙到嘴上,让我给他划火柴点着,可我擦了三根火柴,他也没有吸着,我划第四根火柴时,只见烟袋"啪"的一声从爷爷手中掉到了床帮上,我抬眼一看,爷爷两眼闭着躺那里,一动不动,我就喊:爷爷,爷爷,你怎么不吸了?娘听见我喊,跑过来一看,就扑到爷爷身上哭喊着:爹——你当时一点也不伤心!爷爷躺在那里一动不动你反而感到了几分高兴,你庆幸以后爷爷再不会用烟锅敲你的屁股,庆幸他再不会摸着你的头叹气:嗨,怎么会是个丫头!庆幸他再不会阻拦你上树。可把爷爷埋了之后的那晚,你却吓得怎么也睡不着。半夜里,你看见爷爷拎着他那根长杆烟袋,慢慢地走进屋子,呼噜呼噜地说:艾儿,你怎么会是个丫头?你害怕地叫了一声:爷爷来了——娘被惊醒,急忙点灯起身跪在床上说:爹呀爹,孩子小,你别吓了她,你要是可怜俺娘俩,就别回来了,俺娘俩早日给你去烧纸,头七、二七、三七、四七、五七、六七、七七,只要逢七,俺一次也不会忘记去坟上给你磕头。娘说罢,爷才慢慢地转过身,拎着烟袋一晃一晃地走开……

你爷爷死时要说也确实挂虑你娘俩。娘俩过日子,难呀!他临死的前三天,我去看他,他嘟嘟囔囔地说:以后你要多过来看看她娘俩呀!我当时点点头,其实我过来有啥用?思量来思量去,我还是想把陈德昭和你娘捏合到一起。你爷爷病那一阵,陈德昭常去你家里给你爷爷看病,陈德昭那人手脚特勤快,一来就帮你娘收拾屋里。你爷爷躺在床上不能动,屙屋里,尿屋里,你娘虽说尽心尽意服侍,可儿媳妇照顾老公公也确实有不方便的地方,有时候擦呀、洗呀、背呀、抱呀,不方便,可人家陈德昭眼到手到,把你娘不能做的事都做了,腾出空来还帮你娘干活,劈柴、烧火、挑水,把你娘感动得没办法。我当时看他俩那个样子,以为一捏合也就行了,所以有天夜里,我预先没给你娘商量,就把陈德昭叫来,领到你娘的屋里,然后我就扯故抽身出来,希望他俩就那样睡一个床上算了。谁知我靠在窗户旁一听,陈德昭刚说一句:我愿跟你一块养活艾儿,你娘就"扑通"一声跪在地上,哭着说:德昭大哥,你的恩德俺记下了,可别的事俺不敢想呀,俺的身子已经给了艾儿她爹,人要讲个名声,俺求你别生气,快离开这儿吧。陈德昭听罢,就慌慌张张开门跑了。

一阵旋风掠过,抓起地上的几片桑叶,直朝天上飞去,一刹,又将它们纷纷抛下。

瞎眼狗被旋风一惊,又无力地抬头叫了一声。

她看了看那蛹,还好,旋风没能把它惊动,蛹壳顶部裂的那道缝愈显大了。

……三仙女就含了羞对南阳天将说:俺明儿想去东天门外的花园里散散心,你能陪俺去玩玩么?南阳天将自然也看懂了三仙女一双俏眼里闪出的情意,迟疑了一阵,讷讷地说:

19

当然,若三姑娘让末将陪,末将不敢不去,只是不知玉皇爷知道了,生不生气……

　　你小时可不是个安分的闺女。你偷你五叔家的石榴,把不熟的石榴摘了满满一兜,你五叔看见去追你,你还敢拿个石榴照他脸上猛砸一下,结果把他的眼差点砸瞎。你去你三伯门前的那棵梨树上掏斑鸠窝,刚爬上去,树枝断了,你栽下来。幸亏树下有个草垛,要不非把你双腿摔断不可,把你娘吓得直叫:我的小冤孽呀!东院里的二小子比你大一岁,平日里好揪你的头发,嘴里还爱唱那个顺口溜:长头发,好可怜,爷不喜,奶直怨,长大了,要赔钱。那天,他捏着他的小鸡鸡对着你撒尿,边尿边说:看看,你连这个都没有,多可怜。你一见,就跑上去,伸手抓住了他的小鸡鸡,把人家撕扯得脸都疼紫了,我跑过去拉你你都不松手。结果把人家的小鸡鸡弄得肿多大,尿尿疼得直叫唤。

　　那倒是!也许是娘的懦弱刺激了我,反正我从小就不是个安分闺女。那天夜里,我和娘就要睡着的时候,忽然听到门闩在响动,娘吓得赶紧搂住你怯声抬头问:谁?响声停止了,娘松开你,抹了一下额头上的汗说:可能是猫在门上蹭痒,睡吧——但你却睡不着,仍仔细地侧了耳听。过了一刹之后,门闩又开始响动,你推了推娘,娘抖着手擦亮火柴点燃了油灯,就在油灯点亮的那一瞬间,你看见光棍老七推开门走了进来,你和娘都吓得低叫了一声。光棍老七那时还很年轻,他进屋后又把门轻轻关上,然后对着娘笑笑,说:嫂子,俺来看看你。边说边笑着往床边走。娘惊恐地用手扯紧被子说:老七,你要干啥?不干啥,嫂子,就是想你。老七龇着牙笑道。你快走!不然我可要喊人了!娘的声音在颤,身子也在抖。你当时愣在那里,只是拿眼直瞪着老七,不明白他何以半夜偷偷推门进来同娘笑着说话。嫂子,我看你还是不喊为好!要是人们来了,我倒不怕,顶多是让队长训几句,可你哪,名声就完了!老七依旧笑着说,这时他已经走到床边,猛一下伸手掀开了被子,娘吓得轻叫一声,急忙坐起来去推他,老七就没命地去撕扯娘贴身穿着的汗衫。你这时才模糊明白老七是要欺负娘,你从被窝里跳起来,顺手从床头的针线筐里摸出剪子,照着老七的屁股就戳了过去,你听见他呀的一声,松开娘捂着屁股向门外跑,你下地就往外边追,娘慌忙把你拉进屋。闩上门,哭着嘱咐你:艾儿,好闺女,这桩事可不能说出去。让人知道娘就没法做人了。你没吭,你只是把剪子凑到油灯前,看到那上边沾了些血,这才说:娘,你别怕,他只要敢再来,我非把他屁股用剪子戳烂不可!娘搂着你哭得好伤心。就在那一刻,你暗暗发了誓:将来长大一定要当一个比队长还大的官,要让光棍老七这样的人见了都害怕!

你上学之后你家的日子就更难了,你要交学杂费,钱上哪里去置办?光指望那两只鸡,能下几个蛋?没法子你娘就去拾柴卖,南坡、北坡,沟上沟下到处跑着拾,好几天才能拾一担,一担柴挑到集上也才卖几毛钱。我那时就一再给你娘说:

丫头片子,上啥学?早晚也是人家的媳妇,还不如让她在家帮你刷个碗扫个地,或是学个针线活,以后当媳妇了也有用处。可你娘总是摇头,说,孩子愿去,就让她去吧。

  我第一天去上学的事我现在还记得很清。那天,下着雨,路上都是水坑,我赤着脚背着书包拉着娘的手去上学,娘和我身上都披着蓑衣。我披的蓑衣是娘前一天夜里赶着打好的新蓑衣。因为高兴,我一路上净拣水坑走,边走还边用脚在水坑里踩着水,有几次差一点让泥水溅到了书包上。娘送我到学校门口,说:去吧,艾儿,记着别和人吵嘴打架。我点点头,解下蓑衣递给娘,就向教室里跑去。进了教室,老师让同学们都把书包放在桌上。我朝前后左右的桌上一看,发现就我的书包是黑颜色的,是我娘用她的旧黑衣裳襟缝的,难看极了。几个同学看到我的书包,也都味味笑了,有人说那个是讨饭包。我又羞又气,不顾老师正讲着课,拎起书包就出了教室向家跑,进屋便把书包扔到了娘怀里,跺了脚叫:你看你缝的是啥书包?是讨饭包!我娘先是一怔,跟着就流眼泪了,她边擦眼泪边说:艾儿,娘对不住你。说罢,就去枕头下摸出她的一件花布衫,我知道那件布衫是娘最好的衣服,是我外婆当初给她缝的嫁衣,她平日一直舍不得穿,只在上街赶集时穿一次。她把那花布衫抖了一下,就拿过剪子要去剪,我见了急忙扑过去夺,娘于是就抱了我哭。我说,娘,我去上课。说罢,就又提了旧书包向学校里跑。但是第二天早上,娘还是毁了她那件布衫给我做了个花书包。从那以后,我再也不向娘要东西了。

有时我的铅笔用完娘还没有给我买,我就捡别人丢下的铅笔头用。有时作业本用完了,就捡香烟盒拆开用线订成本子用。有天中午,我正在拆香烟盒订本子,娘看见了,问:这是干啥?我说:当作业本。娘听了待一阵,就转身出去向四叔借了一块钱,一下子给我买了十个本。娘把那些本子递给我时说:艾儿,你既有这股识字的劲儿,娘就是砸锅卖铁也供你上学!我扑到娘跟前搂住她的脖子说:娘,我将来识字多了一定要当官,当了官保证多挣钱,让你享一辈子福!

是你上学的第三年吧,你娘害了一场大病,在床上整整躺了一个月。病中,你娘怕自己有个三长两短,留下你可怜,就要我赶紧给你找个婆家,结门娃娃亲。我也说行,这样办兴许还能冲冲你家的阴邪气!再说,那时候咱们这地方一般人家的闺女,都是在十岁前就定了婆家的,要是十岁了还没有人上门说亲,就会遭人低看。有了你娘这话,我就去找媒婆们说,谁知道,嗨,狗日的好多人家嫌你家穷,怕事成之后你们常去家里要钱、要粮,都不愿。后来说到南庄范哑巴家的大儿子,才算说成。范哑巴的儿子长得还周正,你比他儿子大三岁,刚好,女大三,抱金砖。这娃娃亲还真有冲邪的作用,你的亲事定下不久,你娘的病可就好了!

日头又有些升高,热力在缓慢地增强,原本怕凉的几只粉蝶,从竹篱上飞起,开始在空中嬉戏。

手中线拐上的线已被老四奶缠完,她又换了一拐,在换拐的当儿她瞥了一眼那蛹,从蛹壳顶部的缝里看去,一只黑色的蛾儿在壳里挣动。

　　……东天门外的花园中,有一片草坪,叫匹配坪,玉皇爷偶有闲暇,便在这里把天宫中的男女匹配成对,这坪有一个神奇作用,就是男女双方往坪上一站,无情者生情,有情者情浓。三仙女拉了南阳天将的手,径直上了匹配坪,在坪上站下不久,那南阳就有些冲动……

　　你考上中学在学校里吃住之后,家里孤零零就剩了你娘一个人,夜里她老说害怕,后来我就搬过铺盖去给她做伴,夜里我俩睡床上说话,说着说着我就埋怨她:养闺女不让她给你做伴、干活,反让她去读书?女人读书能读出什么好来?
　　我那时一心想上完初中考高中,高中毕业入大学,然后当官做干部,使任何人都不敢再欺负我和娘。但第二年春天的一个中午,我这主意又有些动摇。那是一个天阴沉得像要下大雨的中午,我正在学校食堂排队买饭,校门口的老传达跑来告诉说娘给我送粮来了。我知道娘来校,忙把买的一个黑窝头退了,另买了两个白馍和一份炒萝卜丝端到了传达室让娘吃,可她不吃,说是临来时在家吃过了。我说跑了七八里你总能再吃一点,她执意不肯,只是撩起衣襟擦脸上的汗,催我快把她背来的粮食拿去称称,她好带上筐子回庄,赶上后响上工。我想她可能是真吃了,就去拿粮食,一看粮食我就又发了火,她给送来的全是麦子。我上次离家时就一再给她交代,让她给我送点包谷和红薯干就行,我知道我们家分的麦子少,一人一年就分六十斤,我娘俩总共一百二十斤麦子,我在学校哪能光吃细粮?娘见我发火,只赔着笑说:"家里还有麦呢。"我气鼓鼓地提上粮食筐去称,称完回到传达室一推门,正撞见我娘手拿一个凉红薯面窝头在大口啃,而我给她买的白馍还放在桌上。她看见我,慌慌地把拿窝头的手缩到背后,尴尬地朝我笑着。那一刻我才注意到,娘的身子瘦得厉害,我气极地冲上去揉着娘的身子,一边揉一边吼:你为啥说你吃过了,为啥?为啥?!娘被我揉得脸色煞白,半天才缓过气来,朝我勉强一笑说:憨闺女!娘这么大年纪了,吃啥都能过去,你多吃点白馍,脑子灵醒,身子骨也能长硬实……我没听完,就扑在娘怀里哭开了。就是在那个中午,我那上学做官的愿望开始动摇,我已经十几岁了,我怎么能让娘再为我操心吃苦?可那愿望毕竟太强了,我还没有最后丢掉,促使我最后丢掉那愿望是在那个月最后一天的上午。每个月的最后一天上午,是评发下个月助学金的时候。自从考上初中之后,我对每个月的这一天特别关注。当时初中的助学金每班只有三分之一的人才能评到,评时分甲乙丙三等,甲等三元,乙等两元,丙等一元。评的标准是家庭经济情况、学习成绩、日常生活的节俭程度。我平时一般是被评为乙等,虽然仅有两块钱,但对我已经是很重要了,我可以买一块来钱的学习用具,再换块把钱的菜金去食堂买点菜吃。每次评时,我的自尊心都受到可怕的折磨:我既怕别的同学忘了提到我,那样我下个月的生活就麻烦了;又怕同学们提我时总要说出的那番话:邹艾家里是比较穷的,她本人生活也很节俭,用的毛巾都烂了,衬衣上还补了几块补丁,根据这种情况,应该给她评为乙等。每每听到这番话,我都要羞得低下头去。那天上午,我又在痛苦中听到一个同学说出了那番话,按照以往的情况,这时只要大家说一声同意就算通过。谁料就在这刻,金慧珍猛地站起来开口叫:邹艾家穷固然是穷,可她自己生活却并不节俭,今天早上,我还看到她在偷偷地用香脂擦脸,我的意见是把她评为丙等!我的头轰一下炸开了,立时觉得身上的血都在往脸上涌。天呀,那盒香脂到底让人看到了!那还是在刚入学时,我看到金慧珍她们几个干部家庭出身的人,每天早上洗了脸后总要用香脂擦擦,擦了后从我身边过,我总能闻到一股很好闻的香味,而且听到几个男同学私下里悄悄说愿和金慧珍在一块坐,因为她身上很香,于是自己心也动了。我两天没去食堂买菜吃,用省下的钱悄悄买了一盒香脂,每次只用一点点,而且总是偷偷地用,唯恐别人发现后说我生活不朴素,没想到还是败露了,而且是当着全班同学的面。我没有听清下边人们都又说了些什么,我只在最后听到有个声音说给她评乙等吧,她连件囫囵衬衣都没有。我就一下子捂上了耳朵。就在那一刹,我下决心退学,我不能再在这里受这种罪、丢这种脸了!

我是在一个傍晚悄悄提了行李离校的,预先既没给老师讲也没给同学们说,我怕他们来劝我留校,我再不愿听人们可怜我的那种声音了。出了校门之后我没敢再回头,我怕我一回头就会禁不住停下脚步。

一听说你不上学了,我还真是高兴。我对你娘说:这一回你的心算快操到头了,再待个一年半载,艾儿也就是该成婚的人了,到那时,我去找范哑巴说说,咱把他的儿子招成个养老女婿,他们小两口一结婚,给你生几个孙儿孙女,你这一家子就又兴旺起来。你娘听后,第一次把眉头全展开了。你那时虽说才十五岁,可身子也已经快长成了,高挑个子,脸跟你娘年轻时一样,鸭蛋形,眉眼长得很周正,胸脯子也是挺挺的,比你娘年轻时还要好看。

这条路你已经准备走了。尽管你已经见过范哑巴的儿子,看到他那副长相心里就难受,但你还是做了走这条路的准备!娘在你上学时已经从范家陆续要了两百多块钱,你没法还上这笔款。不过,准备是准备了,可你还有些不甘心。难道就这样和范哑巴的儿子结婚,然后生几个儿女,然后由厨房到地里的忙活一辈子,然后像爷爷、奶奶那样无声无息地死去?不,不!你常常在心里向自己叫。可不这样又有什么办法?你一边顶着烈日割麦,蹚着露水割草,背着落日挖地,摸着黑剥着包谷,一边在心里渺茫地盼着那个不知是什么的机会。

可那机会迟迟没到,你便愈加心焦烦躁!心焦时你想:我现在缺的就是钱,我只要有钱,就可以继续上学,就能把范哑巴家的婚事退了,关键是要挣到钱!怎么挣?眼下只有加工挣工分,多挣工分多分钱!于是你就开始加工干活,中午加工割草,傍晚加工拾粪。你不嫌脏,不怕累,一想到有一天可以像金慧珍一样穿着新衣坐在教室里读书,你就把所有的脏累忘了。夏天,不管天有多热,只要队里收工之后,你就回家拿一个红薯面饼和一棵大葱急急吃了,提上筐子和镰刀便向村西的河滩里走去。你在长满茅草、葛麻草、苍子秧、狗尾巴草、野苋菜、构构秧、马齿菜的河沟边上蹲下,亮出镰刀唰唰地割。常常是割一把草就得抬手捽一把汗,汗浸进眼里,蛰得眼酸;汗流进口中,舌尖涩咸。汗出多了人就渴,渴极了,就扔下镰刀蹲在河边,先把手上的草叶洗净,然后就手捧了河沟里的水喝,喝饱了再割。常常是娘把晌午饭做好后站在村边喊你三遍,你才站起身,咬了牙把满满一筐草扛到肩上,摇摇晃晃地向村里走,直扛到生产队的牛屋门前,让记工员用秤称了。每当记工员告诉了你草的斤数和应得的工分数之后,你才舒了一口气。十斤草一个工分,你一般都能弄到五分。每天中午回家之后,你把衬衣脱下来都能拧出水,娘心疼地求你别再干了,你总是摇头笑笑:没事!一季下来,你比别人多拿了四百二十个工分,你盼望着分配,可分配之后你却一下子泄了气,你只比别人多分了十七块钱!十七块钱够干啥?够干啥?那晚你拿着分到手的十七块钱,到家就趴床上哭了。你想起了你流的那些汗水,想起瘦下来的身子,想起自己那因为劳累而变得不正常的例假,你哭得好伤心。

　　一个机会到底让你盼来了。

　　那是一个黄昏,队长突然敲响了全队社员集中开会的钟声,你拖着疲惫的身子来到村中的会场上,你看到队长手上拎着一团彩色丝线和一捆白色、黄色、红色的布站在那里,你有些奇怪:这是干什么?各位父老乡亲婶子大爷们,大家不要说话,听我说啦!队长高腔大嗓地喊道,现在有一项重要的政治任务,就是每家要用彩线在布上绣一个"忠"字,向领袖表示忠心,大家一定要绣好,两天之后要收上来评比,绣得最好的要奖给工分十个,还要送到大队里,绣得不好的要受到批评,还要扣五个工分。田驹子,你们听见了没有?你不要乱说话,不会写忠字就找个人写,村里不是有那么多学生吗?好了,听清了就散会,各家留一个人来领线和布。你领到了一缕彩线和一块白丝巾,然后和娘一块说笑着走回家去。你觉得这事很容易完成,凭着娘和你的绣花手艺,完成这件事实在太容易。是你绣还是我绣?娘吃了晚饭后望着你问。要是让我绣你在布上预先把那个忠字写出来,娘不识字。我绣。你说。一方面你想显显你的绣花手艺,把村里那些姑娘比下去;另一方面你想亲手赢得那十个工分,赢十个工分就等于少割一百斤草;还有一方面是因为你被这件新奇的事吸引住了,单调的农村生活中出一点意料之外的事都会使人觉得新奇。你在构图设计上先费了一番功夫,你想既然是表忠心,最好能让那个"心"显示出来,然后在"心"上再绣个忠。构图定下之后你开始动手绣,你绣得十分认真、十分仔细,你的手上虽然有茧,但手指到底是从娘那里承继过来的而且经过娘的训练,依旧十分灵巧,你把那个鲜红的人心形状绣出来之后,看上去真好似在那里一下一下地搏动。然后你就在那颗不停搏动的"心"上用黄色的丝线绣了一个"忠"字,那忠字被红色衬得十分醒目,整个看上去就产生出这样一种效果:好像那颗心一动一动地在说:拿去吧,拿去吧!你是用三个晚上才绣成的。第三天中午队里把各家绣的忠字拿去评比,队里的干部们和在场的妇女们异口同声地叫道:艾儿绣得好!你听了很高兴,用三个晚上赢得十分工,值!你看到几个女伴妒忌地看着你,你越发地感到欢喜,从小长这么大,别人还很少用这种目光看你。我要把艾儿绣的这个送到大队去。队长说。你当时并没在意,你以为你的目的已经达到了。你根本没料到当天晚上队长会兴冲冲地跑进你家叫:艾儿,大喜事!你绣的忠字被大队评为第一,已经送到公社了!

　　三天之后的一个中午,你一手提一只盛了青草的筐子,一手拉着自家养的羊刚进院子,就见队长陪着大队里那位年轻的主任走进院门喊道:艾儿,大队秦一可主任来看你了。你一怔,有些迷惘地抬头望着秦主任那张年轻的溢着笑容放着红光的脸,你不知道大队主任来看你干啥。谢谢你,邹艾!你为咱们大队"革委会"争了光,你绣的忠字在全公社评了第一,并且已经送到了县里,请你马上洗洗手跟我们一起去公社参加发奖会议。你"哦哦"了两声,愣在那里,最后是娘慌慌地把你拉进屋给你洗手、给你换衣。你不知道你是怎样坐上大队秦一可主任的自行车后架被驮进了公社的发奖会场里,你不知道你是怎样领到那面红色锦旗的,你只记得有雷鸣般的掌声,好多人同你握手。你糊里糊涂地又被秦主任用自行车驮到了大队部里。直到秦主任又拿出一团彩线和一块巨大的白丝单子放到你面前时,你才算回过神来。

　　我也没想到,你下学回来会因为绣字绣出了名。你娘从当姑娘时就会绣,可她绣了一辈子也没出过你那么大的名。人世上的事也真难说。你娘后来就跟我讲,你小时候她教你绣花时,你总是不愿意,不是扔了针,就是扯断线,要不是她当初强逼你学,你恐怕难得那样风光!

那可是。倘若当初你不跟娘学会绣花,当然就不会有此后的那个正午——那个闷热的云层压得很低的正午——

艾儿,还在绣呐?

哦,是秦主任,快绣完了。

累吗?

不累。你看这样绣行么?

行,行!绣得真好!你的刺绣手艺和你的长相一样,真好,真好!可我过去竟没发现!

秦主任……

哦,害羞了!嘀嘀,来,停下手歇歇,看你胸前的衣服都让汗濡湿了,来,歇歇,这个地方风凉。

不了,主任,我抓紧把它绣完。

来吧,歇歇,我有事给你说。

啥事,主任?

来,坐下,坐近点。你看你脖子上出那么多汗,都流到胸口了,来,我给你擦擦。

不了,不了,我自己擦。

你前天绣的那面大旗又在公社评了第一!

是么?

31

来,让我给你擦擦汗吧!

不,不,我自己擦。

你今年多大?

快十七了。

正好!

干啥正好?

噢,我是说——你当大队妇女队长正好!

啥?当大队妇女队长?

对,愿干吗?

能叫我干么?

当然!我的话啥时候不算数了?

真的?

当然真的!你秦大哥啥时骗你了?你把这面旗子绣好,就别回村上工了,就在大队"革委会"上班!我今晚就在大队的高音喇叭上宣布。你是贫农出身,不用你用谁?

谢谢了,秦主任!

……

后来一听说要叫你去大队当妇女大队长,我和你娘可都是吃了一惊:天呀,没想到你还真是一个做官的坯子呀!怨我过去眼瞎,直反对你读书哩!你们家祖祖辈辈还没出过一个当官的。别说你家,就是咱全村,也就在民国时出过两个甲长,在满清时出过一个在县衙当簿记的,你是当妇女大队长,管十来个村的女人们,这可是个不小的官哩!你娘来我这,我俩说笑了半天,我直后悔当初反对你读书。临走时,你娘说,该敬敬祖宗。我说,那可是!要不是祖宗保佑,艾儿能做那样大的官?你娘回去就用白面蒸了八个"供香馍",白面不够,还来我这里借了半升。当夜趁你睡下之后,把八个"供香馍"先摆在当院的石板上,你娘跪下头一遍敬了天,二遍敬了地,接着把供香又挪到堂屋当间的神台上,敬了你家的祖宗,你娘边磕头边祷告:列祖列宗,你们的心意俺和艾儿都明白,俺给你们磕头了,求你们保佑她做官平安!

瞎眼狗又懒懒地抬起头,对着跑到身边觅食的公鸡吠了一声,鸡一惊,退几步,然待看清吠者面目,又顾自地低头寻觅,对狗不睬、不理。

一个云团又慢慢移来,将地上桑树枝叶的影子渐渐抹去。

她移了一下手中的线拐,又看了一眼那蛹,蛹壳里的黑蛾还在挣动,它的双翅仍被壳儿卡着。

……两个人都忘了天宫里的律条,在匹配坪上亲得如胶似漆,把坪上的青草都滚压得倒了下去,也是合该出事,那日刚好玉皇爷一时兴起,携了王母娘娘也来这花园里游玩。可怜三仙女和南阳天将不知有这变故,只顾在那里亲得热闹,根本没听到玉皇爷一行人的脚步声,直到玉皇爷走到离匹配坪十几步时,三仙女的舌尖尖还噙在南阳的嘴里。玉皇爷一见惊气得几乎晕倒,大喝一声:来人!把他们碎尸万段……

你那阵多高兴！当妇女大队长，做官呀！这是你做梦也没想到的！

尽管你心里有那个渺茫的希望，时时刻刻在盼着改变命运的机会，但你没想到这希望这么快就能实现，这机会这么快就能来到。你从内心里感激秦主任，你觉得你遇到了一个世上最好的人，你下决心一定要以最好的工作成绩来报答这个恩人！你兴冲冲地上任后，不断地告诫自己：一定要干好！你认真地做好秦主任分给你的每一项工作，连烧水扫地这样的活你都抢着干。上任一个月后，你骑着大队部那辆公用的飞鸽自行车，随秦主任和另外两个大队干部去各村检查工作，当你从村边田头走过，看见有那么多女人尤其是年轻姑娘向你投来羡慕的目光，你感到多么的高兴和自豪呀。检查到哪个村，中午饭就在哪个村吃，吃的都是白馍、白面条，且有卤鸡、煎鸡蛋、炒肉片等十几样菜，还有烧酒。你从来没吃过这样好的东西，你在家过年时只要能吃个肉炒萝卜就觉得高兴极了。第一顿饭你虽然极想吃却不敢多吃，你直担心饭后要收许多饭钱，而你身上，就只有一块八毛钱，那还是娘在你临上任时装在你兜里的，你知道那是家里积蓄的一大半，不能轻易花完。可后来你才知道，酒、饭、菜根本不收一分钱，那都是用的生产队的公款，有的生产队穷些，没现款，就推点仓库里的粮食去街上换肉、菜和酒。知道了是公款请你们吃之后，你就放开胆子吃了，没有十来天工夫，回到家，娘就捏着你的胳膊说胖了，你说，娘，我不会喝酒，我要是会喝酒的话肯定胖得更快。每当这时，娘就抱住你欢喜地说，天啊，没想到邹家还能出一个你这样的享福人。上任两个月后,你去公社开了一次会,你第一次坐在公社那个漂亮的小礼堂里听人做报告,第一次感到了当官真的很神圣。当公社主任——金慧珍的爸爸——同你握手时,你分明觉得脚下的土地在升高。你上任三个月之后的一天,开大队干部全体会时,会计给每人发一个纸包,别人没拆就都塞进了衣袋,独有你觉着奇怪,拆开看了,原来里边包着一百块钱!你吃惊地问:给我钱干啥?其他人就都向你不满地看。秦主任小声对你说:快装起来吧!大伙工作很辛苦,这是从各小队上缴的款中抽出分给大家的,每人都有,记着不要向外人说。你手中攥着那一百块钱,身子因为狂喜而哆嗦,哦,一百块!你从未见过这么多的钱,娘也从未积存过这么多钱!生产队里分红,劳力最多的户,一年也就是分八十块,可自己一次竟拿了这么多!当你自豪而骄傲地把那一百元交给娘时,娘一边抖着手数着一边喃喃地说:天呀,天呀,到底是做官哪……

你去大队不到半年时间,村子里忽然传开了话,说你和大队卫生室里陈德昭的儿子开怀好上了。还有人说得有鼻子有眼,说亲眼看见你和开怀钻到大队后边的树林子里,两人抱在一起,把你娘吓得急忙去找我讨主意,我把你娘训了一顿。自己的闺女自己还不明白?咱艾儿能是那样的人?

那都是谣言。是谣言?要真是谣言倒好了!你到大队绣花的头一天,就见到了德昭伯和开怀哥。父子俩都在大队卫生室里当赤脚医生,德昭伯看病,开怀哥抓药。自从你开始上学,你很少再见过这父子俩,只听说他们先在外边行医,后又回到了大队。见面时你才突然发现,德昭伯这些年像是过了双倍的日子,头上已经长出了那么多的白发,身子又瘦削又伛偻,早先红润的圆脸变得苍白且又满是纹络,已经完全像是一个老人了。更使你觉得意外的是,开怀哥竟会长得那样高大、壮实,就仿佛是他把他父亲身上的筋肉都挪到了自己的身上,嘴唇上也已经长出了一层发黑的茸毛,走路时两脚能把地敲得"嗵嗵"响,已经完全不像小时候经常受你保护的那个胆小的开怀哥了,只有他说话时那种慢条斯理的声气,那种常浮在脸上的淳厚的笑容,能使你在心里觉得他还是那个儿时的伙伴。

  第一次同童年时的伙伴见面,你和他都很高兴,几乎是同时都意外地叫了一声,但随后,又都觉到了一种不自在。当他端来一碗开水递给你时,眼都不敢抬起朝你望;当你去接碗触到他的手时,你的脸也不由自主地红了。童年时的那种亲密无间已不容许存在,年龄迫使你和他保持一定的距离,姑娘的那种矜持和羞涩,使你再也不敢像儿时那样在他面前大声说笑了。你当上妇女大队长之后,便几乎天天和他见面。大队部和大队卫生室就在一个院里。但每次见面,也都是一两声客气地问候:吃饭了?吃了。忙吗?还行。累不累?不累。除此之外便没有其他话说了。直到有一天傍晚,你从大队部出来,正准备骑上自行车回村时,忽然听到一阵悠悠的箫声,那声音是如此熟悉,使得你的心蓦然一动,猛地记起:这是幼时从娘口里学过来的那首《坐花轿》歌子的调儿。小时候你常哼唱,开怀哥也总用箫吹这支歌。这一定是开怀哥吹的!你不由自主地推车循声走去,在一个小河河堤的凹处,你看到了正坐在那儿对着就要沉没的夕阳吹箫的开怀哥。落日在河堤、河水和堤外的田野里都涂上了一层橘红色的光,那悠扬的箫声就在那橘红色的河堤、水面和田野上轻轻飘荡。这景,这声,勾起了你对童年生活的回忆,使你情不自禁地支了车子,走到开怀哥身边忘情地抓了他的胳膊说:吹得好!哦,艾儿,是你?!他慌慌站起,脸红红地招呼。再吹一遍!你说。你用双手按他在原处坐下。他红着脸不好意思地对你笑笑:吹得不好。快吹吧!你的口气是命令式的,又恢复了小时候你对他说话的口气。于是他就开始吹了,你起初只注意他那灵巧手指在箫孔上的跳动,渐渐你便完全沉在了那箫声中。幼年时的一幕幕往事又在箫声中从你眼前闪现,你几乎没有意识到,就张嘴轻轻地跟着那箫声唱了。

  地上那个绿哟,天上那个蓝,

  十八岁的姑娘巧打扮;

  披一身红哟,戴一顶冠,

  冠上的穗子黄灿灿;

  慢慢穿上绣花鞋,再用胭脂擦擦脸;

  双眉儿黑,眼波儿闪,

  心儿咚咚跳得欢,

  喇叭那个响哟,花轿那个颠,

  俺颤颤坐在轿里边,

> 轻轻伸出莲花指,拨开轿帘看外面,
>
> 云絮儿飘,银雀儿翻,
>
> 鞭炮屑儿飞上天……

直到那箫声停歇,开怀哥说了声:你的嗓子真好听!你才意识到自己开口唱了,脸孔立时羞得通红,好在天已黑下来,开怀哥看不清你的红面孔,你兴犹未尽,继续坐下来和他谈,谈幼时的唱歌、游水、上树,直谈到远处传来德昭伯呼喊开怀哥的声音,你才注意到天已经黑透。这儿离你的村子还有三里,你还从未走过夜路,你有些害怕地望着已经变得黯黑神秘的四野,轻轻地有些后悔地叫了一声:哎呀,这么黑!别怕,我送你!你的话音刚落,开怀就开口说。你没有坚决地拒绝,刚才那番对童年生活的回忆,一下子把你和他拉近了。于是开怀就骑上自行车,你轻捷一跳坐到了后架上。自行车在黯黑色的土路上颠簸着行进,车子行走带起的凉风把一股陌生的男性气息吹进了你的鼻孔,你的心猛起了一阵莫名其妙的悸动。你在黑暗中望着他那宽阔壮实的后背,突然起了一股想摸摸的冲动,但你到底没敢。你只是趁着自行车向前一颠一晃的当儿,让自己的身子迅速地向他的后背贴了一下。尽管只是一瞬间的接触,可你的心还是感到了一种莫名的甜醉。

自那晚以后,不由自主地,你总想见到他,你常常借故去卫生室,为的是想看他一眼,说句话。后来你发现,他也特别注意观察你,那日你在大队部院里咳嗽了两声,自己还没觉着不舒服,他在傍晚已把"阿司匹林"递到了你手上,轻声说:吃点药,预防着。你接过来,马上顺从地吃下去,药虽苦,心却甜。接下来就到了那个下午,你骑车从村里往大队里走,你的骑车技术本不高,经过那段窄路时却还要逞能不下车,结果"扑通"一声摔下去,车子摔得不能骑不说,左脚脖也一下子扭伤了。勉强坚持推车走到大队卫生室,坐下去就再也站不起。德昭伯那日刚好去公社买药没在家,开怀哥就急忙奔过来,给你脱去鞋、脱去袜,又是扭、又是捏,最后疼痛总算减轻了。今后骑车可要注意。他把你那只脚放在他怀里,一边用双手揉着你的脚脖一边说。他揉得那样轻、那样柔,起初你还觉得有些疼,渐渐疼痛就消失了;随后你感到了有股热,那热慢慢地向上升,直升到你的心窝里;接下来,随了他手指的轻轻揉动,你便觉到了一种莫名的舒服和快乐,你微微地闭上眼,上身靠在椅背上,彻底放松了身子任他揉,任那股舒服和快乐在身上游;没多久,那舒服和快乐又变了质,变成了醉,变成了酥,你觉出自己的身子在变软,在变轻,似乎要飘飘离开地。你希望他永远揉下去,揉下去。终于,他停下了手,说:好了,艾儿,以后可要小心。卫生室里这时只有你和他,几页处方笺被风轻轻翻动着,外边的院子里也空寂无人,仅从电话室传来几句喂喂的叫声。你此刻本可以把你的脚从他的怀里抽出来,可你却没动,你只是慢慢睁开双眼向他看,你不知自己的眼里含了什么,但你却清楚地发现他看到你的目光时身子一颤,随之,他的两只眼球便腾起了火,火势转瞬间蔓延开,你晓得这火是你点的,却没想到这火烧得如此猛如此烈,只见他呼地抱紧了你伸在他怀里的那只脚,低头飞快地在你那雪白的小腿肚上亲起来,亲得那样急,那样狠,你伸手去摸他的头,你想把他的头拉过来，把他的双唇扭过来，把自己的脸颊贴上去，身上沸腾着的那种东西左右了你，使你忘记了姑娘的矜持、女性的羞怯和人世的一切。倘不是就在那阵外边响起德昭伯的脚步声，你自己也不知道那场戏要演到什么地步。那脚步声使沉在狂热中的你和他身子都一震，几乎同时松开了对方，你急忙从他怀里抽回了脚，他慌忙抖着手装模作样地朝你的脚脖上涂着药。但自那天以后，你却有一星期不敢见开怀哥，你为自己那天的举动害羞，也对藏在自己体内的那种动辄沸腾的东西感到害怕，你担心见到开怀哥后那种东西又要发作。你过去一直不知道，自己身上还有这种可以左右理智的可怕东西，你为此感到意外惶惑，也觉出几分耻辱。你总认为那天的事是一种不轨，而那不轨又是你自己引起的，你觉得作为一个姑娘家那样做实在是有失体统，你对自己又气又恨。你强迫自己不再去见开怀，有几次你听到他说话的声音，真想扭过头去看他一眼；有两次他从你的面前走过，你多想抬头同他说句话，但你都忍住了，压住了。虽然你觉到了痛苦，觉到了难受，觉睡不好，饭吃不下，人变得恍惚，但你仍坚持了下去。

那天正午，太阳悬在头顶，光线挺毒，你走出大队部准备回村时，一阵熟悉的箫声又从河边的柳林里飞过来抓住了你的耳朵，那箫声慢慢地缠住了你的两腿，把你心中的抵抗一点一点磨完，把你一下一下地拉近，直拉到河边，直扯进柳林，直拽到开怀的身后，但你到时箫声已停，他正在河边的一块石头上搓洗着他的一件衬衣。你的脚步很轻，他没听到，于是你静静地站那里看他洗衣。他洗得很马虎,只擦了一点肥皂,在石头上搓几下,就在河里湿了湿提上来拧。没洗净!你忍不住地开了口。他听见声,有几分吃惊地回过头,看清是你,就怯怯地笑了笑说:凑合一下就行。拿来!你伸手一下扯过他手中的衣服,蹲在洗衣石旁重洗起来,你洗得很仔细,你没有回头,你感觉到他就站在你身边眼一眨不眨地看。四周是天正晌午时的那种静,你耳朵里听到的只有搓衣声,太阳虽然当顶,但十来株柳树和几蓬灌木在洗衣石周围造成了浓浓的阴影,河对岸有几只白色的鹅,懒懒地躺在水边草地上,间或地伸颈向这边瞥一眼。你心里突然有些紧张,你怕会发生点什么。因此你想尽快地离开这里,有些慌张地拿起肥皂在衣服上擦,却不料肥皂在你手上一滑,掉进了水里,你急忙探身去抓,由于你太慌太急,于是你失了重心,一下子就向水里栽去,你以为你一定要栽到水里了,却不料两只有力的手一下子扳住了你的双肩,并猛地把你往后一拉,你从惊悸中过去之后,才发现自己仰在开怀的怀里。你慌慌地刚想站直身子,未料他已猛地把你抱紧,你有些吃惊,你没估计到一向胆小的他还有如此大的胆量,你挣了一下,但你挣得不甚坚决。片刻之后,你不仅不再挣了还把身子更紧地向他的怀里贴去。你的心跳开始加剧四肢开始发颤,一股燥热的东西在周身蔓延,你企望他的双臂把你箍得更紧。直到此时你才意识到,对于现在的这一刻,在你的内心深处其实是一直在盼着的,虽然一丝害怕和羞耻感在死死缠你但你依然盼着!他开始发疯地亲你:头发、脖子、脸、耳、唇,你开始感到了晕,你觉出下边的地在旋上边的天在转,一种粉红色的东西充塞了你的两眼。你的两耳听到了他含糊断续的呢喃:……艾儿……跟我吧……跟我吧……我不要别的……只要你……只要你……你没有说话也没法说话,你只是闭了眼,把软得几乎站不住的身子向他更紧地贴去……

那个中午过去之后,你觉得原来隔在两人之间的一切东西都已经化为乌有,你认为你已属于他,他已属于你。你再也不用感到害怕、害羞了,你虽然依旧和他很少说话,但这和过去的情况已经两样了,你和他可以用眼神、用表情、用别人根本不理解的动作来进行交谈,你觉得平静了、幸福了,前一段一直让你觉着痛苦的那股力一下子消失了。你眼前的一切都变得美好起来,你觉得大队部院墙上爬着的那几株发黄的牵牛花看上去真是漂亮,你觉得村里那头黑犍牛的叫声真是动听,你觉得由村里到大队部的那条土路走着真是舒服,你觉得天上的云彩好像比过去格外白,你觉得地里的玉米好像比往年长得高,你觉得今年的红薯吃着格外甜。你食欲好了,睡觉安稳了,爱唱歌了,有时正坐在灶前帮娘烧火,你也会忍不住唱起来:……喇叭那个响哟,花轿那个颠,俺颤颤地坐在轿里边,轻轻地伸出莲花指,拨开轿帘看外面,云絮儿飘,银雀儿翻,鞭炮屑儿飞上天……娘不得不经常喝住你:憨丫头,还不快住嘴,叫人听见羞不羞?

后来你下决心把范哑巴儿子和你的婚事退了,之后,你认为再也没有什么东西可以隔住你和开怀,你全身心沉在了那种酥骨软筋摄人魂魄的爱中。有时娘让你帮忙绣东西,你总要悄悄地匀出点线和布,给开怀绣个礼物,或是装箫的套子或是手帕或是袜底。对你的爱开怀总是给予更热烈的回报,天热的时候,他会悄无声息地向你的衣袋里装几颗泡茶清火保护嗓子的"胖大海";每逢你开会开到天黑,他就会在你回家的路上等着你直把你送到家门口。你浑身放松悠然自在地游在爱河中,你的心里已开始出现一幅带了橘红色光边的美妙远景:一乘挂了流苏绣了鸳鸯裹了红绸镶了金边的八抬大轿——四抬也中,两抬也行,不用花轿在自行车前挂上红花也可——把你送到了开怀的家门前,开怀极快地伸手搀你进了堂屋当间门,先拜神灵,后拜祖宗,再拜德昭伯,再夫妻互拜,然后你就羞红了腮走进洞房门,然后就听见房门一响,然后就看见开怀向你伸过来的手,然后你就把眼甜甜地闭上。接下去,你就看到开怀坐在药碾前碾药,膝头上趴着一个呀呀叫着的孩子,是儿是女?儿子闺女都行!而你自己则抿了嘴含了笑坐一旁拈针绣花,时不时地扭头给开怀提醒:他爹,小心别碰了娃娃!每当这幅远景出现的时候,你就觉得有一股又暖又痒的东西从脚底升起,弥漫到全身的每个部位。弄得你身子酥软得直想阖了眼睡。每当那个时候,你就把在初中读书时那个白发语文老师的那句重复多次的嘱咐忘在了九霄云外:如果你感觉太舒服的时候你就必须做迎接不舒服的准备。因为你忘了这话,所以当那个黑夜来临时你就觉得自己是陡然掉进了深渊,其实深渊本来就离你不远,你一直没有顾得扭眼往旁边看!……

你那桩事做得可真胆大,你怎敢把范家那门亲退了?自古以来都是男弃女,哪兴女休男?我一听这事,我就知道,糟了,八成你要碰上灾星!

其实对那个黑夜的来临,你在前一天后响就有一点预感。那天后响开会时你浑身总起鸡皮疙瘩,你觉得奇怪,天并不冷,你额上分明还在流汗,总不会身子要出毛病?你注意到秦一可主任的两眼总在你身上晃,而且那目光里有一种不同往常的令你害怕的东西。你以为是自己工作上出了差错,惹起主任生气,便尽力去回忆检点最近的言行,你根本没想别的,所以当那天傍晚散会时秦一可说:艾儿,你今晚在大队部值班听电话。你回答得十分干脆:行!你想用积极工作的举动进一步增强主任对你的好感。晚饭后你去了一趟卫生室,可惜开怀去镇上买药不在家,你同德昭伯说了一阵话就回了大队值班室。你把电灯拉亮,把门插紧,拿出一本语录坐那里背,你已经下了要把这本语录全背过的决心,但你却背不下去,屋顶上有两只老鼠在那里咬架,叫声尖厉,你虽扔一土块将它们吓跑,却仍觉有一丝莫名的恐惧坠在心底。你又起身去检查了一下门闩,然后你抻开被子,想早躺到床上去,不料就在这时,突然响起了轻轻的敲门声。谁?你问。声音都在抖。是我。你听出是秦主任,松一口气,就慢慢拉开了门闩。你又高兴又不安,高兴的是有人来说话做伴,不安的是秦主任在笑着看你时有点异样。你不自在地开口说:快坐,秦主任!以后不要喊我秦主任,叫我一可哥多亲热。他边说边在你身边坐下。

离得太近,你急忙起身向旁边挪了挪。艾儿,在这里值班害怕吗?没啥。你强撑着说。要是害怕我就在这里陪你。不,不。你已经从那话中隐约闻出了一股味道。艾儿,你说一可哥待你咋样?好,真好!你诚挚地说。既然知道好就行。他边说边把手放在你的肩上摩挲,你有些惊慌,你刚想躲开他那只手,不想他的手已猛地滑下搂紧了你的腰,你惊骇地想要挣脱,他的另一只手已经迅速地按到了你的奶子上,与此同时你的耳边响起了他急迫的声音:我已经等了这么久,你也该给我报答了……你直到那时才完全明白要发生的是什么事,你没命地进行挣扎,边挣扎边低声哀求:秦主任……秦大哥……大哥……你不敢大声喊,你怕惊动了那边卫生室里的陈德昭,怕他看到这个场面使你从此失掉开怀。你那被惊慌和害怕弄乱的脑子已不能想出别的办法,你只是拼力反抗着,但你的力量很快就消耗净尽,你觉着衣服扣子已被撕开,你在绝望中刚想不顾一切地喊一声时,一阵剧烈的撕裂般疼痛攫住了你,你被压得几乎喘不上气来,你只觉蓦然踏入了深渊,身子急切地向渊里坠,你看到了一片墨染的水,你死死地闭上了眼,你当时只在心里嘶喊了一句:开怀——

  风起了,不大,却也能拂动柴垛上的麦秸起一阵喧哗,于是瞎眼狗又被惊醒,嘶哑地叫了一声。
  几只鸭悠闲地晃过来,又悠闲地向远处踱。
  她的眼仍在盯着那只蛹,蛹壳上的裂缝显见得大了,黑蛾儿的头在更剧烈地晃动。

……王母娘娘跪求了许久，玉皇爷才算改口，说：也罢，这次就饶了你们性命，你们是看了外界东西之后学坏的，我今天就罚你们独居凹处，永世看不到外界东西！说完，猛伸出手，叉开五指朝凡间我们这地方一抓一按，这里顷刻便变成了一个四周高中间凹像盒子一样的地方，三仙女和南阳便被押送到了这里……

　　果不然，没几天，我就听你娘说你病了。看看，应不应？咱这儿祖辈子以来哪有女的提出退亲？这是要遭报应的！你那回的病也蹊跷，不发烧，可就是不吃不喝，也不哭不叫，只把两眼瞪着，可把你娘急坏了，直到第三天，你眼珠才有些活泛，才勉强吃了碗面条，你娘才算松了一口气。

　　你那时才知道，你为什么会当上妇女大队长！才明白那个差事为什么会落到你的头上，才懂得世上任何事情都不会只有结果而没有原因！你恨，你心里全是恨！你恨那个装成菩萨模样的秦一可，恨他毁了你的身子，毁了你的名声，毁了你心里的那个远景！你悔，你肚里全是悔！你后悔自己有眼无珠认错了人！但恨和悔之后你开始怕：今后怎么办？怎么办？既然身子已经被秦一可占了，就做他的老婆，他还没有成家。你知道这是一条屈辱的路，你明白你心里在恨他，何况他已经三十一岁，年龄几乎比你大一倍，但你觉得只有这一条路还可以走。于是，在一个黑夜，你站到了他的面前，当他听完你含泪说出的那番话之后,他笑了笑说:让我想想。你听完这句话,恨得真想扬拳把他那两只像刀刻出的细眼捣瞎!但你压下了自己胸中的恨意,你不敢把事情搞僵。当他嬉笑着又伸手去揽你腰的时候,你痛苦而厌恶地闭上了眼睛,你不敢再反抗,你听凭他利索地解开你的衣服纽扣,你听凭他把你抱放到床上,你听凭着他把你的奶头嘬得生疼,听凭他的双手在你身上的所有部位游动。你咬着牙让自己沉入一种昏沉沉不能思索的境地,你期望以此来换取他娶你的允诺。当他脱你衣服的时候,曾注意到你身上戴着的那个手形护身符,轻声问你:这是什么?你当时什么也没说,只是咬紧牙关,用手死死地抓住那"符"。

你在痛苦和屈辱中等待着他想想之后的答复。一个多月之后,你突然觉着吃饭时总想吐,起初你还以为是自己身休病了的缘故,但没儿天,女性的本能和平时从女人们口中听到的知识使你恐惧地意识到:怀孕了!这恐惧促使你在一个刮风的夜里大着胆子找到了他的家,你想恳求他立时娶你,好把这可怕的事情掩盖过去。你向他家走时,不断地恐惧地四下张望,唯恐有人发现你的举动,可不知是心里疑惑还是怎么的,你总觉身后有人的脚步声。你颤颤抖抖地走到他的门口,刚要抬手推门,忽听到里边传出一个姑娘的声音:咱俩啥时结婚?下个月。秦一可答得又清又脆。你呆了、蒙了、晕了!你直等到那姑娘走后才踉跄着推门进屋,旋风般抡起巴掌照秦一可那张三角形的脸上狠抽了一下,他被这一巴掌抽得有些愣,你定定地站在那儿,直到他那发黄的脸皮上清楚地显出五个指印之后,才转身跑出了他的屋门。

你那场病好了又去大队忙公事之后,我看着你的脸越来越黄瘦,我就给你娘说,艾儿在大队公事上八成太忙,你看她那身子,得让她吃点好的补补。你娘就忧愁地说,艾儿啥东西都不想吃,还常常想呕,总不会出什么事吧?我当时瞪你娘一眼:还能出啥事?自己的闺女还能出啥事?一定是她在外边跑着忙公事时受了凉,给她用姜末、辣椒丝、大葱白熬点水喝喝。暖暖胃!

你站在了井边,你向那幽深的井筒里看了一眼,井筒里有四颗星星,四颗星星在水里闪闪烁烁,欢喜地眨着眼睛,似乎是在客气地邀请:下来吧,下来吧,泡在井水里其实很舒服。你仰脸向天上看了一眼,银河已经调成东南、西北走向,河里边淹着好多星星,牛郎和织女就站在河的两岸,过来吧,织女!你听到牛郎在嘶声喊。你由此又想到了此刻睡在大队卫生室里的陈开怀,想起了他那温和而热烈的目光,想起了他那低沉而悦耳的箫声。过来吧,妈妈,过来吧,妈妈,我们想你。你又听到牛郎挑在担子两头的那两个孩子的哭喊。你猛地抱住了你的腹部,抱住了那个还未发育成形的孩子栖息的部位。你痛苦地低下头向身边的村子望去,村子睡得又死又沉,没有一星灯光,那些高的、矮的、砖砌的、坯砌的、瓦顶的、草顶的,有烟囱的、无烟囱的、脊上有鸟有兽的、脊上无鸟无兽的房屋,都沉在夜色里,只在星光下露出一个个模糊的影子。村子里几乎没有声音,只有从牛屋里传来的一点牛反刍的微小响动。永别了,牛郎、织女!永别了,村子!永别了,娘!永别了,开怀!你又向井口迈了一步,你就要向井里跳了,你的身子仿佛已经感到了井水的凉意,但就在这时,你倏然想起了明天早晨——明天早上肯定又是那个喂牛的哑巴起得最早,准定又是他最早来挑水。啊——!他走到井口,把钩担挂着水桶去舀水时一定会大叫一声。啊!呀!嚯!哦——他保准会扔了钩担和水桶边向后倒退着边没命地大叫。于是村里的人就纷纷往井边跑,于是有几个人手抓井壁的砖缝慢慢下去把你鼓胀胀的身体绑在一根绳上,井沿上站着几个人向上拖。拖上去之后肯定有一声惊呼:天哪!是艾儿——!艾儿!——艾儿——!我的艾儿呀!娘肯定没命地扑到你的身上哭喊着,但人们把她拉开了。可人们会问,艾儿好好的怎么会跳井呢?是。喂,你们看看她那肚子,可是有点不大像闺女的!你们看看她那肚子!那肚子!

不,我不死!你当时猛地攥紧了拳头,从井沿边后退了一步。我不死!我不能死!我决不让自己落这个下场!我不!你猛地转过身,迈着重重的步子走回到家,推开了门。艾儿,快睡吧!娘听见你推门后说。就睡。你平静地应了一声……

可后来我还是看出了毛病!今天说出来估摸你也不会害羞脸红了,你总那么呕吐让我起了疑,有病呕吐和怀孩子呕吐的样子可不同,我是过来人我懂,我注意看了你几次干呕之后就断定:你是有了!当我看明白这个之后我自己先被吓了一跳,天呀,这事要让你娘知道了还不要把她生生气死?骇死?

她愕然地抬头望定四奶,意外而吃惊地喃喃道:你知道那事?天哪,这么多年,我还以为这事只有四个人知晓!

你知道既然要活下去,这件事就必须绝对保密。你装着若无其事地走到大队卫生室里对陈德昭说:大伯,我这几天没事,想看点医药方面的书。陈德昭温和地看你一眼,指一下书桌说,你自己去找,愿看哪本都行。你于是便一本书一本书地找,想找到打胎的药物和办法,你最后总算找到了两种药:前列腺素和麝香。接着你便趁开怀不在时恳求德昭伯:能不能给我点前列腺素和麝香?德昭伯慈祥地望着你:孩子,你要那药干什么?治病。你答完后觉着自己的脸有些红。治什么样的病?能不能给我说明白点,孩了,药是不能乱用的。他的额头上横了几道忧虑的纹。不是我不给你,孩子,乱用药有时是会出现严重后果的,你能不能让大叔帮你治治病?老人的眼中也有一丝恳求露出来。我没什么病要你治!你有些着慌地倒退着。孩子,你应该知道,有些事是很难瞒过医生眼睛的。不过,不论医生看出了什么秘密,他们都不会说出去,除了少数的败类。每一个行医的人都从他的老师和先辈那里得到过训示:病人向你袒露秘密后只应该换回平安!孩子,你信得过我吗?不,不是,我确实没有病!你吓得又后退了几步。德昭伯慢慢地转过身,从桌子的抽屉里抽出一个发黄的纸卷,缓缓地在你面前展开,那上边写着四个暗红色的字:医德圆满。这是我曾祖爷爷亲笔写下的,你相信我会让它变黑吗?

你盯着那四个字,愣在了那里。孩子,你的病我早看出来了,我只是不知道你要怎么办,现在既然你下了决心,就让大叔来帮帮你,我不愿让你自己胡来,你不知道,堕胎的事弄不好会造成大出血闹出人命!你娘就你一个闺女,你不能有个三长两短,这就是我不给你药的原因。大伯——你呜咽着低喊一声,就朝他跪了下去。

一切都很顺利,你甚至没有觉出多少疼痛。德昭伯以急腹症的借口让你在卫生室的那间简易病房里住了几天,巧妙地把事情遮掩了过去。奇怪的是陈开怀这期间一次也没找话头进去看你。

当你的身体差不多复原时,你开始想着下一步怎么活下去:你不能再在大队里干,也不愿再在大队里干,你只要一看见秦一可牙根就疼眼就喷火胃就翻腾;也不愿回到生产队里干农活。那天,你无意之中听到德昭伯在对碾药的开怀说:腿肚要绷紧,药碾要蹬匀,碾药也是一技!别小看它,人有一技之长,就可立身!这话本来已从你的耳边滑过,但你模糊地意识到这话对你有用,于是便又把它拉进耳中对它进行琢磨。一技之长,一技之长!你最后记住了这四个字,你渐渐明白这是许多人的处世之本。你想起了村里的尚富爷,就是因了他精通木工活路,他才能常被人请进家中喝酒;你想起了村里的耕子爷,就是因为他能熟练地给死人穿衣,所以常能用挣来的钱去街上割肉;你想起了村里的黑彪哥,就是因为他会吹唢呐挣钱,他才把那个长得好看的秋叶姐娶到了家。那些写书的、唱戏的、修自行车的,都有一技之长。一技之长!一定要有一技！可学什么技？你想了几天几夜,最后想到了德昭伯的医术,对！跟德昭伯学医！学医……

两只刚从塘里爬上来的鹅,一摇一摇地走来,瞪瞪眼站在几步外,直盯着老四奶手上的白线团,半响之后,像是已看明白,这才又向院里晃。

空气中有一种烙油饼的香味,一阵淡、一阵浓。

她动了一下被线拐压麻的膝盖,又看一眼脚前的那个蛹壳,壳里的黑蛾像是累了,挣挣停停,停停挣挣。

……久而久之,咱这里便被叫做了南阳盆地。原来,三仙女生下一子一女,一家四口在这盆地里过日子,倒也自在。不过时间一长,出门抬头四周都是山,低眼一看就是自家这四个人,寂寞感就生了出来,而且因为当时盆地只长一种毛豆,全家人顿顿以它为食,直吃得食欲全无。眼见得一子一女两个孩子越来越瘦皮包骨头,三仙女心急如焚,就想起当初自己在天界往下看时,曾发现凡间种有多种庄稼,便动了到盆地外边去学种庄稼的心思……

后来听说你要跟你德昭伯学医,我估计你是想借这个浇恨压愁。还记得吧,我当时就跟你说,恨和愁是浇不灭压不下的,哪个人的命都是一本书,你活多少年那本书就有多少页子,一年一页,这一年该你经历啥事情那一页上就写得清清楚楚,想改是改不了的！你只有认了,才能不怨不气,心静像水……

　　人的命要真是一本书,我那本书哪一页上写啥就得由我自己动笔,谁替我写我也要改!她动了一下线拐,淡淡地说:我那时倒没想到浇恨压愁,我的恨和愁我既不浇灭它也不压灭它。我要把它保存在心中!我那阵只是想学一门立脚的技术,其他的都待立脚之后再说。当时,我找到德昭伯说明了心愿,德昭伯点点头说:当然行,只是要让秦主任同意。于是,你便咬着牙,站到了秦一可的面前。艾儿,这些天总不见你,身子可好?你对我订婚的事不要在意,更不要生气,我其实心中只有你,咱俩以后还可以照旧暗中好下去!他嘻嘻笑着又向你伸过了手。啪!你把他的手猛地打开,接着以闪电般的速度弯腰伸手,一把攥住了他裆中的那坨东西,你稍稍一用力,他就脸色煞白地低叫一声:妈呀——!你扭眼瞪了他,从牙缝中挤出带了杀气的声音:听着!你以后只要再敢对老子动手,我就要攥烂你这个东西!哟,哦,天哪!艾儿,求你快松开,松开!秦一可的脸越来越白,腰弯得越来越低。告诉你!你把手略略放松些又说:妇女大队长老子不干了,我要去卫生室学医!跟陈德昭大夫学医!你答应吗?他急忙连连点头:当然,当然,只要你愿意,我怎能不同意?只要是我有权决定的事,你想干啥都可以!你看见他的两个嘴角疼得咧起,汗珠从他的脸上成群地滚下,你于是猛地缩回手,很快地转过身,出了门。

　　就在第二天你准备去大队卫生室上班时,你忽然听到一个消息,昨晚秦一可摸黑回家走到半路上,路边猛地蹿出一个黑影朝他扔了一块大石头,砸断了他的左脚脖。你听后心里觉到了一种莫名的快意,善有善报、恶有恶报,不是不报,时候不到,秦一可到底遭了报应。

　　从那以后,你开始在大队卫生室里干。你按照德昭伯的指点,先读基础医学理论书,你读《人体构造》《常见疾病》《内科知识》《中医基础》《外科入门》,在初中和小学学到的那些知识再加上德昭伯的解释,你能够勉强读懂,可你觉得十分枯燥,你读着读着就没了兴趣,有时真想把书本扔开。可你知道这是目前你唯一可走的路,你必须认真读下去,记下来,你在床头上贴了一个字条,上边写着五个字:"你只有今日!"你把半碗辣椒面放到自己手边,每当你感觉枯燥想打瞌睡时,就用手指蘸一点辣椒面放在舌尖,辛辣的刺激会使你再次抖起精神读下去。随着读的医书的增多,你知道了人体的化学组成是蛋白质、糖类、脂类、水和无机盐;你明白了人体有运动、神经、内分泌、血液、循环、呼吸、消化、泌尿、生殖九大系统;你懂得了发热的原理、炎症的本质、循环的障碍、再生和愈合、人体与肿瘤;你晓得了皮内注射、皮下注射、肌肉注射、静脉滴注、青霉素过敏试验、胸腔穿刺、淋巴结穿刺和活检;你知道了《黄帝内经》《伤寒论》《金匮要略》《脉经》《千金要方》《外台秘要》《温热论》和《本草纲目》的主要内容;你懂得了阴阳互变和五行相克;你明白了手三阴、手三阳、足三阴、足三阳等十二正经;你清楚了任脉、督脉、冲脉、带脉、阴矫脉、阳跃脉、阴维脉、阳维脉等奇经八脉。随着医学知识的增多,你慢慢就对学医真正有了兴趣,你开始自觉自愿一心一意把全副精力投入了学习。你不再注意衣着打扮,很少找女伴闲聊,甚至连话也说得极少。你把该记的东西或写成卡片贴在床头,或写在本上装进衣袋,或干脆写在手背上随看随记。

基本知识掌握之后,你开始跟德昭伯临床看病,先望诊,后闻诊,再问诊,最后切诊,你仔细地观察德昭伯怎样按汗法、吐法、下法、和法、温法、清法、消法、补法来开方下药,暗暗记在心中。每次病人一到,德昭伯总是先让你上前诊断。帮你分析判断病症,然后你开药、他签名。此时你方明白,乡下女人学医仅有毅力不行,还必须有让人随意捏弄自尊心耐性!自古来乡下人看病都找男郎中,没人相信一个女人会看病。不论男病人还是女病人,只要德昭伯让你先上前诊断,他们就会蹙眉斜眼,将一脸的不屑显出来,而且绝不相信你的结论和药方,非要德昭伯点头不可!那日,刘庄的一个老头来看病,德昭伯让你去把脉,你手指还未按住他的手腕,他就"啪"一下将你的手打开,恼怒地叫:丫头片子,懂啥?老子是来治病的,可不是来听你瞎糊弄,走开!陈大夫,你来!当时一屋子的人都把目光对住你,你羞得连脖子都红透,气得泪水在眼眶里直打转,恨得手指头都打颤,那一刻,你真想一拳砸在药案上,吼叫一句:老子不干这个了!但你连咽了三口唾沫后,生生把心中的那股气吞了下去,你使出全部的掩饰本领,让脸上现出一个平平静静不屑计较的笑,你在心中向自己说:人们所以不相信你归根结底是因为你本领不行!你发誓要学一身本领,学一身让人们都佩服的医术!你更加刻苦地钻下去,并期望着有一个让你显示本领的机会。那天,德昭伯和开怀哥上山采药,李庄那个流里流气的天奎跑进卫生室,皱着眉说他胸口、肚子不舒服,请你给看看。你怕对方不相信自己的医术就预先开口说明:德昭伯天不黑就可回来,你是不是等他回来找他看保险些。但天奎笑着说:我就相信你的本领,快来吧!你听了这话心里十分高兴,就兴冲冲地站起身拿了听诊器让他躺在诊疗台上,当你把手放在他的胸口上时,他咧嘴笑了,笑得十分得意,你有些疑惑;身子不舒服怎么还这样高兴?你用听诊器听了他的胸部,并没有发现什么毛病,便用手去按他的腹部,问腹部哪里不舒服,他就捉了你的手在他的腹上乱按,一会儿说这里一会儿说那里,你看到他把你的手握得很紧,且又往小腹上移,就已经有些明白他的用意,你气愤地刚想抽出手,不想他已把你的手拉到他的裆部,一边就在嘴上叫:艾儿、艾儿,我的病在心里,在这里,你给我治治、治治……气极了的你照着他的顶门穴就是一拳头,你知道这个穴位可以致人晕眩,当他松开你摇摇晃晃、晕晕乎乎地跑出门时,你一下子趴在药柜上哭了,原来学医也还要受这样的侮辱!不干了!你把手中的听诊器猛地摔下了地,镀铬的听诊器杆一下子变成麻花形。你下决心待德昭伯采药回来跟他一说就离开卫生室。但半个小时之后,当你停了哭声冷静下来,一串问号又倏然升在脑中:不学医今后干啥?回家种庄稼?像娘一样,无声无息地在邹家庄活一辈子?然后再像奶奶那样钻进一个黄土堆成的坟包就算完了?你甘心吗?甘心么?!不!学下去!忍下这口气!这条路既然走了就要走出个名堂!不能半途而废！你抬头看了眼德昭伯贴在药柜上的那张不大的张仲景像，张医圣正面目慈祥地望着你，仿佛在说：孩子，咽下去吧！咽下去吧！世上没有不苦的差事！你又低头看了看被自己摔在地上的听诊器，你慢慢地抬手，极清脆地打了自己一个耳光。

当你又苦学苦钻半年之后，你觉得你把德昭伯的那套本领差不多全学过来了，这时，你就又焦急地盼望着能有一个让你显示才能的机会。也巧，这机会没多久就来了。那天，德昭伯脊背上长个疮躺在床上不能动，开怀又去镇上买药没回来，中午时分，范庄生产队有八个社员吃了拌有老鼠药的花生中毒，队长慌慌张张地跑来告诉之后，你麻利地带上了抢救必需的药品和器械赶到现场，你冷静而利索地分别轻重对病人进行处置，或是人工呼吸，或是洗胃，或是灌肠，或是注射，或是输液，或是按摩，你整整忙了五个小时。当公社医院的医生被请来时，你已把八个病人都从昏迷、半昏迷中抢救过来。公社的医生看到中毒病人全是你一人处置的，一齐伸出大拇指夸你：了不起！八个病人的家属一齐向你道谢，一齐称赞你手艺高，纷纷拉你去家里吃饭。这件事迅速地传遍整个大队，你的声望一下子高起来。从那天以后，主动找你看病的人日渐增多，人们开始尊敬地喊你邹大夫，你在病人的脸上再也看不到轻视和不屑。德昭伯夸你：学得真快！开怀也笑着向你说：你比我学得好！一些吃了你开的药的病人开始赞你：手艺真中！在这种情况下，你以为你可以舒一口气了，你在舒气的同时，让脸上露出了一个笑，尽管这是自那个漆黑的夜晚以来你第一次笑,但你还是笑得早了!……

村中有人在叫羊:咩咩咩……声音细而悠长。村头的碾道上,拖碾的黑驴来了兴致,咴哟咴哟地一阵长叫,声音嘹亮、尖脆。

瞎眼狗被驴叫惊醒,先打了一个长长的哈欠,这才又应付差事似的和了一声。她把目光又移向那只蛹壳,黑蛾的一只翅儿将要挣出,蛹壳在地上不停地滚动。

……三仙女告别了丈夫和子女,决心到盆地外边去寻找另外的庄稼种子。她这时早被收走了腾云驾雾的本领,走路只能像凡人一样步行。她走呀走呀,一天一天,一月一月,却总也不能走到山前,她哪里知道,原来玉皇爷怕他们离开盆地,早在四周施了宝术:人走地移!你永远休想走离盆地……

也许就是因为听到的夸赞多了,我就以为自己的医术不得了了,结果造成了那个不小的事故。那天,陈家庄送来一个发烧的男孩,本来我只需解开他衣服看看他身上的出血点,就能判定他的发烧与普通的感冒发热并不一样,可就因为自信,只量了量他的体温,问了问他的症状,就立时断定是感冒,即刻便给人家开了退烧的药,结果那药掩盖了病人患出血热的真相,延误了诊治,险些造成亡人事故,幸亏病人后来被送进公社医院复诊,才算发现了真正的病因。事后病人家属坚决要求追究误诊的原因,你那时才发了慌,两腿不由自主地打起了哆嗦,当你终于想好了借口要张嘴辩解时,德昭伯沉声开了口:这次误诊的责任主要在我,艾儿开的处方经我看过,我同意把孩子当感冒治的,我向你们道歉,我应该和你们分担孩子在公社医院的治疗费。啪!病人家长听完德昭伯的话什么也没说,只是扬起巴掌猛地朝德昭伯脸上打了一掌,那一掌打得好重,德昭伯身子晃了几下才又站住,嘴角顷刻便溢出了血珠。你惊呆、吓愣在那里,身子僵了似的一动没动,直到病人家长的脚步声在门外快要消失的时候,你才从呆愣中恢复过来,你才想到要承担责任,你刚张嘴说出"怨我"两字,德昭伯就急忙伸手捂了你的嘴,压低了声音对你说:孩子,你刚开始行医,经不起这种事的折腾,一旦让别人知道是你误诊,以后就很少有人找你治病了,大伯我已行医大半辈子,出点事人们也会原谅。你当时望着德昭伯那噙着血丝的嘴角,呜咽着喊了一声:德昭伯——就扑到了老人的怀里。就是从那天开始,你明白了你还不到笑的时候,你此前就笑实在是笑得太早,医学那本书你才刚刚读懂几页,你面前那条路的终点还远在天边!你不能松气,你还得熬夜,你还需起早,你目前的水平还根本不能改变你的生活!你从此又鼓起了一股劲,又咬牙向医海的深处游去。你越游越发现,在你面前展现的是怎样一个宽广的水域,而你游过的地方仅仅是一个不大的水湾。随着时日的延长,随着你游出距离的增加,你终于游得比较自如了。德昭伯出门时完全放心了,你可以单独处理病人了。

那日,德昭伯和开怀相继出门巡诊后,偏巧秦一可的老婆来大队卫生室里请医生,说她男人拉肚子一晚上拉了十来次,

59

现在躺在床上直喊肚子疼。你冷冷地听着那个漂亮女人诉说，心里在不停地喊叫：死了才好！死了才好！你拖长声音重复询问着症状，你双手不停地没活找活忙这忙那，你拖延着出诊的时间，直到最后那女人流着眼泪去拉你，你才不得不拿起药包跟了她走。但你出门时却趁那女人不注意将自行车钥匙扔进垃圾箱内，推说自行车钥匙丢了不能骑车要步行，没走几步你又以鞋紧脚疼的借口尽量放慢了行走速度，你期望延长他痛苦的时间。最后你到底进了他的屋，你看到他面色蜡黄躺在床上双手捂腹哟哟喊疼时，你差点让心里的欢喜冲出眼睛。艾儿，救救我救救我！他微弱地朝你喊。你没应声，你只在心里叫：今天你到底落到我的手里了！你厌恶地皱起眉头给他量体温、做检查。中毒性痢疾！你心里嘘了一口气，你知道这种病听上去不可怕但实际上却很厉害，只要止不住让他继续拉下去，要不了多久他就会因脱水而离开这个世界！你优雅徐缓地伸出拇指和食指用极潇洒的动作打开了药包的盖子，你的手在痢特灵、黄连素、四环素、土霉素这些可治痢疾的药瓶上晃来晃去，但你都没有把它们拿出来，你的手最后摸出了一瓶维C片和一瓶双醋酚酊泻药片，维生素C根本止不住痢疾；双醋酚酊反可以使他病情加剧。你慢慢地拧开这两个瓶盖，你的手指微微有些发抖，你说不清手抖是因为激动还是因为恐惧。你把两样药各包了六片递到秦一可女人的手上，郑重地叮嘱：一天三次，每次每样两片。说完，你便很快地合上药包，迅速地转身出了他的屋门。刚走出他的门槛，你的眼前就晃过了那个必然要出现的场面：秦一可紧闭双眼身子僵直地躺在床上,那个漂亮的女人披散着头发趴在床沿哭喊:一可——你的心猛一悬,你的双脚不由自主地停住且又回转了身。你睁大眼向秦一可的屋里看去,你看见他女人从印有卧龙岗武侯祠正门图案的花壳暖瓶里倒出一碗开水,嘟起嘴启开唇吹着水中的热气,然后把碗放到桌上,把四粒药片放到手中,接着去扶侧躺在那里的秦一可。就在她抬手要把那些药片放到秦一可嘴里的时候,你突然张嘴喊了一声:慢着!那声音尖厉得刺耳,高得吓人。秦一可的女人呆呆地望着你,你对她说:我忘了,还有两种新药比这药的效力大,我再给换换。你匆匆地拿出痢特灵、颠茄片和黄连素,递到那女人手中,看着她把它们填到昏昏沉沉的秦一可的嘴里,你这才松手抹一把额上的汗。当你走回大队卫生室时,你在心里叫了一句:秦一可,这次饶了你!……

你当了大夫一年多之后,我就看着你的脸蛋又水灵起来。那段日子,上你家求亲的人可不少,那些小伙子八成是看了你又会治病又长得有模有样,动了心。我那时因为知道你和秦一可那事,也主张你早找人早结婚,免得万一那事泄露你想结婚都结不成了,所以就和你娘商议着,该从这些求亲的人家中选一家,早点把你的婚事办了,也算净了心。你娘思谋了两天,跑来跟我说:听说陈德昭的儿子也还没有订婚,那娃子可也是个老实人,他家除了成分是小土地出租稍高一点外,别的咱都清清楚楚,其他的人家咱不知根知底,万一有个闪失,还不苦了咱艾儿?我一听就明白了她的心意,当下就说待我去找陈德昭讲讲试试。我当时估摸这事能成,因为你是陈德昭一手教出来的,他待你像女儿一样。万没想到,我去找陈德昭一说,他竟会直摇头,把我气了个半死,娘那脚!这桩事我一直没给你说,你不会知道!

其实你知道得很清!就连娘那个主意,也是在你的巧妙启发下萌生的!在你进卫生室学医的最初一段时间,你对开怀是很冷淡,你认为自己那不干净的身子已经不配同他结婚,你再不敢想象你早已在心中描绘过的家庭生活场景:油灯下,开怀隆隆碾药,儿子牙牙学语,你坐那里飞针绣花。你当时只想把心思全部用于学医,你唯一的愿望就是早日学成。但随着时日的消失,随着你医术的长进,一丝微妙的空虚却总缠着你的心。白天,开怀的箫声总往你的耳朵里钻;夜里,开怀的身影总在你的梦里边跑。那日开怀有病躺在卫生室里间床上,德昭伯外出巡诊不在家,你去给他送药,你刚把药放到他的手上,他一把抓住你的手腕,不吭一声,只定定地朝你看,那目光有棱有角又发烫,烫得你心里又惊又慌又甜又痒,烫得你的身子发颤喉咙发干双手直抖,烫得你胸口起伏双颊涌血脊背出汗小腹发软。就在那一刻,一个微末的希望又在你心里升起:既然开怀还这样爱你,既然德昭伯慈父一般待你,也许同开怀的事还能够成?这希望越长越大,使你心里又开始滋生出一些甜蜜。那份暗藏在心底的希冀鼓舞着你,你开始不断地在娘面前提到开怀,巧妙地说出他为人诚、脾气好、肯读书、医术好等诸多优点,做出了种种让娘去找人说亲的暗示,你的努力到底没有白费,娘终于动心了。当娘去找老四奶说亲时,你的心又浸在欢乐里,虽然这欢乐比起当初你和开怀相恋时有些改变,其中掺了不安和苦涩,但终究也是欢乐,你心上的伤疤在这阵欢乐中褪掉了一层硬痂,又重新变得柔嫩鲜活。你根本没料到,这股欢乐会被德昭伯一瓢水浇灭!那是个宿鸟归巢的时辰,你站在卫生室的窗外,借了渐浓的夜色的掩护,亲耳听到了老四奶和德昭伯的那场对话——

我说德昭呀,今儿我找你可是有要紧的大事!嘀,那不是开怀吗?你不要走!我说这事和你有关系,我专要听听你愿不愿意!

啥事呀,老人家?

德昭,我想给你说个儿媳妇,愿意吗?开怀,你小子脸不要红,老实给我说,你夜里想不想有个媳妇在床上睡?

不知你说的姑娘是哪家?

哪家?远在天边,近在眼前,而且你爷俩对她也都认识,都熟悉。

谁?

艾儿。咋样?那姑娘可是站有站相、坐有坐相,常跟你们在一起,她的脾气秉性你们也知道。现今结亲兴儿女先同意,开怀,我先问你,你愿和艾儿结成一家么?脸红啥,说!男子汉大丈夫,晚点还要搂女人睡觉哩,这阵儿怎么提到女人就害羞了?说,愿不愿意?好,咱们摇头不算点头算,你说不出口,只要点点头或摇摇头就中。

点头了!好,这么说开怀同意了!德昭,你哩?你愿不愿？你儿子可是同意了！说呀！磨蹭啥？爽爽快快给我一句！咋？你也害羞？要我说，艾儿真要成了你的儿媳妇，卫生室就等于是你们一家办的了！多好！说呀，同意不同意？

我一直把艾儿当女儿看！

那干脆变成儿媳妇不是更好？你摇什么头？咋？不愿意？嘀，好你个陈德昭！……

你当时慢慢地转过身，哆嗦着身子提脚往家走。你明白德昭伯摇头是因为啥！你感到你心中的东西一下子被掏空了。

那时候月亮已经升起来，你看见发黄的月光把你的身子横放在地上，你走一步，她动一下，停停动动、动动停停。在一个高坡上，你望着那离你很近的影子，猛地扑下身抱住了她……

井台上有人去挑水，铁桶撞在石头上，哐啷，声音挺脆；钩担上的铁钩与桶梁摩擦，咯吱、咯吱，响得粗而沉。瞎眼狗听到那水桶响，又抬起头，嘴动了动，却无声。

太阳又升高了许多，树影子已退到了她的腿上，地上的那只蛹滚近了阳光，于是就看得更清，黑蛾仍在挣动。

……玉皇爷安坐在王座上，面带冷笑地望着凡间的南阳盆地，望着盆地里不停向外走的三仙女，口中恨恨说道：我看你能走到哪里去！王母娘娘看得心酸，心疼女儿，就含了泪恳求玉帝：求您收了宝术，让她走出去吧，她不过是想给孩子们找点新鲜吃的。玉皇爷猛拍一下坐椅扶手喝道:给我住口!她既是看了外界东西学坏的,此生就永远别想出这盆地……

后来就忽然听说你要去当兵,你娘和我都一惊:天呀,一个女子家当什么兵?你娘就养你一个闺女,你一走,她有个头疼脑热的可找谁伺候?再说,一个二十岁的大姑娘,出去在人生地不熟的地方跑,四周围又都是男人,万一有个三长两短或是再遇个像秦一可那样的人可咋办?我当时跟你娘说,一定拦住你,俗话说,金坑银坑,舍不得穷坑,哪有女人舍家出远门的?咱这地方的女人,访访问问也没人敢出去当兵到外地!可最后你娘到底也没拦住你。

我一开始并没想到要去当兵。最初我只听说公社要组织赤脚医生进行诊疗比赛,我很仔细地做了准备。我听说比赛的方法是出三个疑难病例,让参加比赛的年轻赤脚医生进行诊断处置,看谁处理得又快又正确。

当你走出赛场之后,你才开始琢磨假若争了第一能得到什么?也许能进公社卫生院当赤脚医生?真是那样该多好啊!那样就可以离开乡下到这个柳林镇生活,就可以不常看秦一可那张三角脸,就可以去掉和开怀在一起的不自在,就可以拿工资并经常在公社医院食堂吃细粮。那天下午,公社医院"革委会"主任宣布了比赛名次,果然你是第一。当公社医院"革委会"主任和一男一女两个军人招手让你过去时,你的心因为揪紧都有些发疼,什么决定?什么决定?你在心里追切地问,但脸上却尽可能地装出平静。邹艾同志,你比赛得了第一,现在有两条为人民服务的路可供你选择!"革委会"主任含了笑说,一条是留在公社医院当赤脚医生,每月补助二十五元钱;一条是去当兵,到部队医院工作,为保卫祖国出力,你愿选择哪条?

选择哪条?你静默了有一分钟,你根本没有料到这个第一竟能带来两条路。在公社医院当赤脚医生?补助二十五元钱?吃细粮?这是你做梦都在盼的东西!但一分钟的沉默之后,你说:我愿当兵!你看到医院"革委会"主任有些意外地一怔,你发现那两个军人笑了。虽然你只有一分钟的时间思考,但你已把这两条路做了最重要的比较:当兵,出门在外,人地两生,前途未定,显然没有留在公社医院当赤脚医生稳妥,但到外地去,天地大,机会也许更多,机会最重要!

可娘就是不点头。那天晚上,饭做好之后,娘把饭碗递给你,你赌气地放下碗,不吃。娘看见,就也放下筷,撩起衣襟擦起了泪,擦着擦着就哭出了声。娘边哭边说:我没本领养儿子,只养了你一个闺女,一口奶一口饭把你喂大,实指望晚点给你找个倒插门女婿,把咱邹家这门血脉传下去,我老了也好有个依靠,没想到你心这么狠,非要出门在外不可!你没想过,你走了之后,刮风下雨,谁给我挑担水劈担柴?我要是病了,谁给我端碗汤烧碗水?……你的心被娘的泪水一下泡软,你忆起小时娘怎样把自己碗里不多的几根面条全拣在你的碗里;你记起上小学时娘如何毁了自己的新衬衫给你做书包的情景;你想起上中学时娘啃着黑馍给你送细粮的模样。你看到了你走后娘一人生活的孤独晚景,你的决心一点一点缩小消失,你抱着娘的脖子哭着说:娘,我不走了,不走了,俺在家伺候你到老!娘听后含泪笑了,娘紧紧地搂住你说:艾儿,我的好闺女……

你答应娘不走的当晚,一夜没有阖眼,你总觉有一股巨大的遗憾在心里旋。外边是什么样子?当兵以后会有什么样的机会?生活能有什么新的改变?丢了这个出去的机会也许今生就永远出不去了!想着想着,你要走的决心又慢慢膨大、坚定。走,坚决走!只要在外边干好之后就可把娘接出去享福!你怕你的决心又被娘的眼泪冲走,你生了一个办法。第二天一早娘刚一起床,你就手攥着一个空空的农药瓶走过去说:娘,我想了一夜还是想走,你要是不答应,我也不想活了。娘惊慌地扑过来抱住你哭着叫:你去吧,去吧,娘不委屈你……

你把要出去当兵的事告诉了德昭伯和开怀之后,他两人都愣愣地看着你。许久,德昭伯才长长地叹口气说:你要想去,就去吧。你注意到开怀恨恨地瞪了他爹一眼。两天之后的那个黄昏,当你从镇上拿到入伍通知书回到大队卫生室收拾东西时,德昭伯把一个小包袱默默递到你的手上,你打开一看,是一件新做的女式棉布衬衫和一双女式松紧口布鞋。大伯,这?——带上吧,艾儿,这是伯亲手缝的,伯的针线活不行,好坏也是一点心意。大伯这一辈子都把你当女儿看,你不会抱怨大伯吧?你的心一抖,你完全理解大伯这话的意思,你看着衬衫上那无数个大而稀落的针脚,紧紧抓住德昭伯的手,呜咽着喊:大伯——

临走的那天晚上,为了安慰娘,你和娘睡在一个床上。娘流着泪一遍一遍地嘱咐你:艾儿,出门天凉了记着要加衣;艾儿,记着平日里不要对人发脾气;艾儿,身上来了红的时记着不要跳冷水……你连连地应着,你紧搂着娘的身子,只是在那一刻,你才发现娘的身子十分瘦小,在你的身子发育的同时,娘的身子却在一点一点地萎缩。你的心一酸,流出了两滴眼泪。当娘含了泪终于入睡之后,你悄悄下了床,摸着黑,就了隐约的星光,在村里又走了一圈。你摸了摸你小时候爬过的桑树,看了看你幼时游过的水塘,望了望你少时读书的小学校,瞧了瞧你平日割草常去的那条河沟,最后你又站在了那个井台上,你探头看了看那幽深的井水,你看到水里依旧漂着四颗星星。你在黑暗中笑了笑,在心里说:我已经差不多尝过了死的滋味!

你走下井台刚要准备回家,一阵低低的箫声忽然传进了你的耳朵,那箫声虽是《坐花轿》的调子,但变得喑哑沉郁,让人听了心里发抖,你从听到第一声时就知道是谁吹的。你默默听着那箫声,熟悉的词儿在箫声中又缓缓显现在你的心头:

地上那个青哟,天上那个蓝,

十八岁的姑娘巧打扮;

披一身红哟,戴一顶冠,

冠上的穗子黄灿灿;

慢慢穿上绣花鞋,再用胭脂擦擦脸,

双眉儿黑,泪珠子闪……

你在那箫声里踌躇了半天,你知道开怀这是在召唤你,可你不知该不该走过去,既然德昭伯已经说了那话,过去见了面还有什么话要说？但你最后还是走了过去,你想干脆把话挑明,把这件事了结算了！你走到开怀身后时,他停了箫声,慢慢转过身,你和他在黑暗中对看着,尽管谁也看不清谁的脸庞,可你们还是站那里对视,末后,是你先开口,你说:开怀哥,算了！他没接你的话头,只低声说:我什么都知道！你知道什么？我什么都知道！你心里突然有些害怕,你变了声问:你究竟知道什么？他慢腾腾地开口:你最后打秦一可耳光那回,我在后边跟着！他的脚是让我砸瘸的！你惊得后退一步:你……把这个拿住！他向你身前走一步,把叠着的一块布塞到你手上,便转身疾步走了。箫套！这是你当初给他缝的那个箫套！你定定站那里:这么说他早就知道？还这个箫套是为了表明从此一刀两断？你的手指在摩挲着箫套的布纹,心里却起了一股寒战,尽管你想把这件事情了结了,但你没想到会这样结束。不过就在那时你在箫套上摸到了什么,是一种涂在箫套上的东西变干后,让你的指肚感觉了出来。他在上边涂了什么？你匆匆地走回家,点上灯,于是你便在灯底下看到黄色的箫套上有两个暗红色的字:等你。从医的你立刻辨出,那两个字是血写的！你意外而吃惊地看着那些暗红的笔画,觉出有一股滚热的东西在胸中浮起并飞快向四肢流去……

当载你的汽车缓缓启动,娘泪流满面地跟在车后跑时,你的眼泪也一下子涌了出来,你突然有些后悔:不该离开娘,把她一个人孤苦伶仃地抛在家里；不该离开这块土地，这毕竟是生你养你的地方。但车开得已经越来越快，车轮掀起的烟尘已经把娘的身影遮住，离开是已经成为事实了！你用袖头揩去眼泪，朝早已看不见了的娘挥了挥手，便向车头转过了身去……

一群长尾雀儿呼地从远处飞来，落在了桑树枝上，于是，在喳喳的叫声中，又有两片桑叶旋转着落地。

日头又向中天靠近了不少，树影子已经退到了瞎眼狗身上，它缓缓地抬起头，又含含混混地叫了一句。

她手捧着线拐，双眼仍注视着脚前的那只蛹，蛹壳已经破了大半，黑蛾的两个翅儿都在扑闪。

……三仙女走呀走呀，一心想走出盆地为孩子和丈夫找到新鲜吃的，最后终于耗尽力气，"扑通"一声倒在了地，可她要走出去的心没死，她的身体慢慢变成了一条白浪滔滔的河，白河的水咆哮着到底奔出了盆地……

二　步

　　夜色在一点一点向屋里挤，小城白日里那种喧嚣的市声已渐渐隐去，金慧珍从正粘制的假山盆景上抬起头，伸手，"啪"一下拉开了灯。

　　荧光粒一撞，灯管便发出柔柔的光，于是屋里的桌椅什物就一一显出面目，她刚要重新埋头去粘制那未完工的盆景，双眼却蓦地一瞪。

　　门口，站着一个女人。

　　"你？邹艾？！"在发出这声短促惊叫的同时，一股恼怒从金慧珍的双眸中蹿出。"你来干什么？"她唇间蹦出了一句。

　　"看看你。"对方平静地说罢，款款地进屋，并不等让，就在椅上坐了。

"你——出去!"金慧珍咽了一口唾沫,叫,腮部的肌肉在跳。

"不要用这种口气,慧珍,我总算找到你了,我想同你说说话,只是说说话。"

"要向我炫耀?"金慧珍怒目圆睁,手抪住腰。

"你大概不知道我的近况吧?我现在还能向你炫耀什么?我只是想向你说说那段经历,不管你怎么认为,我都希望你听听,只是听听!"

"我没时间!"

"你听听——"

"疼呀——"一声凄厉的女人叫突然从隔壁传来,将邹艾的声音阻断。屋里的两个妇人几乎同时身子一颤。

"这是我奶,七十五了,有病。"金慧珍似乎觉得应该说明。

"你听一听!"

"少啰嗦!有话就快说!"对方的固执终于使金慧珍觉到了无奈。她弯腰拿起一块石头,蘸了些水泥,恨恨地按在了假山上。

邹艾望定金慧珍那垒假山的手,喃喃地自语一句:"也许,山真像人们说的那样,是垒的?"

……晓得么,咱伏牛山、桐柏山、武当山就是土地爷让地兵垒的!为啥垒?这和土地爷的小儿媳有点关系!土地爷的小儿媳名叫唐妮，美貌只有天宫里的仙女可比，可惜唐妮命薄，婚后生下小女不久，丈夫就死了……

"说吧！你！"金慧珍又恨恨地瞪了对方一眼。

汽车把咱们拉到医院之后，大伙刚你推我挤地在车旁站好队，科里的任护士长就来点名，点到我时，我答：在！她笑了，说：咱们是军人，以后点到名字，要答"到"。我便说：中！她听了，又说：以后说话不要用方言，应该讲：可以！行！是！我听完，就急忙答：俺记住了！这时候你尖声笑了，你当着那么多人的面，说：以后不要说"俺"，要说"我"，"记住了"，应该改成"明白"！我当时恨不得上前扇你一耳光。你也来教训我？！但我忍下了。

咱们到后的第二天晚上，护士长抱着一摞卫生纸进了新兵宿舍，说：怕你们来时没带，一时又不知去哪里买，一人先给你们发三卷。我从来没见过那东西，护士长递给我时，我好奇地问：发这干啥？她笑了，说：你例假来时用。我脸一红，急忙又把纸递给她，说，俺不用这，俺没用过这，俺有骑马布。护士长有些意外，问："啥布？拿来我看。"我只好磨磨蹭蹭地从挎包里掏出三块洗净的那种布让她看，她一摸，叫：嗬，这样硬！你用用这种纸，看哪个舒服！我才把纸接了，就听你在旁边说："土包子！"我涨红着脸瞪你一眼，在心里叫：金慧珍，姑奶我就是土包子你能怎么着？

第一个星期六傍黑，咱们一帮新兵在洗漱间擦澡。脱下

73

上衣时,我看到你们干部家庭出身的,人人胸前都戴一个乳罩,独有我穿着俺娘给我缝的短袖紧身粗布胸衣。我那时是第一次见到乳罩,就好奇地朝身边一个姑娘问:戴这东西干啥?我的话音刚落,你笑了,笑得尖声尖气,笑里充满鄙夷,你引起了所有新兵对我的注意,我急忙用手护住我那难看的胸衣。我的脸羞得通红,我恨不得钻下地去,在那一刻,我再一次在心里叫:金慧珍,你笑吧!好汉从来不先笑!你要能笑到最后才真算你笑得美!

这些你都忘记了吧?

金慧珍手攥一块假山的石头,头昂起,眼瞪大,愣愣地盯着对方。

堆了一半的假山,静静立那里。

"疼呀——"一声凄厉的叫又蓦然在隔壁响起,两个女人的身子同时不自主地哆嗦了一下。

"这是我奶,七——"金慧珍的声音戛然停住,大概意识到已经解释过一次。

屋里只剩下了日光灯的电流声,极轻极柔,若有若无。

邹艾盯住那堆了一半的假山,目光发直。

……唐妮整日就在后院照料女儿,闲时,至多可以在后花园里看看转转,地宫里的规矩,死了丈夫的女人,从此不得出院门,以免生出邪念来……

"说下去,你!"金慧珍冷冷地催。

我们一同分到外科,先当卫生员,协助护士们工作,负责打扫厕所、走廊、病房、学习护理业务,给病员送水、送饭、送药。我当时心里明白:我如今可以和你们干部子女比的,也只能是工作成绩,我一定要在这点上把你们比下去!我有一个好身体,我在家学过医,我自信能把你们比输!每天上班,当你们还在宿舍梳妆打扮时,我已经提前走进科里,拿起笤帚、拖把和抹布,打扫厕所、走廊、病房。我在家干过的那些农活,使我对脏并不十分怕,当然也不是一点不怕。每当我走进厕所打扫时,我总是屏住气,我怕看那些秽物,怕闻那股气味。那次,我端了一个盛满病人呕吐物的痰盂去厕所里倒,刚走进去,就觉到了一股翻肠倒肚的恶心,便"哇"一下吐了,把早饭时吃的那点东西全呕了出来,但我没吭,我只是定了定神,漱漱嘴,又接着干起来。我知道我必须这样干下去,我没有退路。我既然出来,就要干出个名堂;我不能复员,复员之后等待我的只能是农村户口。我明白一个人要想得到,就必须付出,得到的和付出的,通常成正比。我定下的第一个目标,是当护士,只要提了我当护士,就意味着我已经成了国家干部,就意味着我永远抛弃了农村户口。我当时只让自己记住这一个目标,不让自己去想更多的东西。我晓得走路只能一步一步,一开始不要先看那些离得很远的踏脚石,只管迈出第一步,站稳脚跟后再迈另一步。每当我听到一次护士长的表扬时,我身上的疲劳就消去了不少,就觉得离那个目标近了一些。

那次,医院里号召战士们利用业余时间去帮助洗衣房和炊事班工作,我第一个去了。我把宿舍里的那个闹钟悄悄放在我的床头,每天早晨比你们早起四十分钟,跑到厨房里择菜、洗菜。午饭后你们休息、晚饭后你们散步时,我又跑到洗衣房里帮助她们晾晒、收叠病员服。由于连轴转着干,有几次我正在择菜时就趴在膝上睡过去了,炊事班的师傅们劝我:小邹,累了就回去歇歇。我每次都是摇摇头。我内心里盼望着能得到一封表扬信。果然,一个月之后,炊事班和洗衣房几乎同时向科里送来了表扬我的信,当我看到科主任和护士长拿着那两封信向全科同志宣读时,我觉得所有的辛劳都已经得到了补偿。尽管你和另外两个女兵望着那表扬信直撇嘴,我还是觉到了一种得胜了的欢喜。我终于让领导知道,邹艾是一个能干的人!我以为我凭着这样的干法,凭着比你们熟得多的护理业务,提护士时第一个名单肯定是我。一年之后的那个上午,我突然听说,下午要公布提升的第一批护士的命令,我的身子一颤,一股狂喜涌上心头,哦,我终于盼到了这一天!

当科主任宣布那纸命令时,我怀了怎样的激动等着他念出自己的名字呀,我甚至能听出自己的心跳声,我双眼紧紧地盯着他的双唇,看着他的口型,第一个名字,是你!我有些吃惊,怎么会是你?但立刻又怀了希望,下一个就是我!下一个念完,不是,又一阵沮丧,但仍怀了希望:下一个就是!第三个念完,仍不是。我仍等着,但是,没了!我听到科主任说:这次就三个。我呆了,怔了,有一刹那我真想站起来问一句:主任,你是不是念错了?但我站不起来了,我只觉得两腿在晃,身子在抖,而且一道水雾,已经从眼中涌起,我什么也看不见了。我只是在心里喊:我打针、配药、护理病人比她们三个都熟练,我做的勤务工作比她们都多,为什么不提我?为什么?

当最初的那阵痛苦过去之后,我开始注意观察你,观察你何以能在第一批就被提起,我要找到你成功的原因。慢慢地我才发现,你业余时间常往护士长和科主任的家里跑,到他们两家后你都十分勤快,不是帮助择菜就是帮忙照顾孩子,你还让你爸给科主任买了一辆当时很难买的凤凰牌二六自行车,给护士长买了一台当时市场上很少见的蜜蜂牌缝纫机,你让你哥用火车托运来,直送到他们家里,来时还一家给捎了一桶小磨香油,是用五斤塑料桶装的。你不要脸红,你听我说下去!

当我了解了这些之后,我真是又气、又恨,我真想向医院领导写封匿名信告你们。但我再三想了之后,还是决定咽下这口气,我不能拿我的前途胡来,万一告不赢,我一个新兵在这个科就别想待下去。我没有后退的路,后退一步就是农业户口,我应该争取下一批提。

我依旧像往日一样地干,没有人看出我的情绪波动,尽管我有时在夜里能把眼睛哭肿。那次,四师七团一个连长因抢救战士被手榴弹炸伤,手术后科里要成立特护组,恰巧那天护士不够,护士长知道我护理技术行,就找到我说:小艾,你去。那天,刚好是我来例假的第二天,早晨上班时浑身就酸软得没有一点劲，身子的不适和原本压在心里的气恼，使我听了护士长的话后差点张口说出：现在你想起我了？但我最终还是点了点头说：行！于是我就拖着酸软的双腿走进了病房，和夜班护士交接之后便开始照料伤员，端饭，端水，端尿，换药，打针，服药，半天时间几乎一刻没停，一直忙到了午饭后。我觉到了身上的卫生纸已经湿透，温热的液体开始顺腿向下流，我慌慌地想去厕所换换纸，不料刚一转身，伤员却涨红着脸艰难而害羞地开口说：他想大便。我听了只好停步，费力地弯腰从床下端起便盆，想不到他恰恰又是便秘，直憋得满头大汗都未能解出。于是我只好伸出手去，一点一点地帮他抠，我觉得腿上的液体越来越多，下身沉得厉害，脸上的汗珠不断涌出，集聚，落地，我已经看到有一簇金星在眼前晃，但我咬咬牙，坚持着让自己站稳了。当我终于帮助伤员解完大便又安顿他躺下之后，便觉得浑身已没有一点点力气了。可我那一刻又必须要到厕所去，一方面因为要为伤员倒便盆，更重要的是想为自己换换纸，我感觉到有一只袜子已被浸湿。我手扶着走廊的墙壁慢慢地向厕所里移，我希望快点走进去，我不愿让人看到我的这副狼狈样子。我刚刚走进厕所的门，刚想弯腰去倒便盆，突然觉得一团金星在眼前一闪，便猛地向地上扑去，我模模糊糊听到"当啷"一声，我在心里做出了最后一个判断：是便盆落地。然后就什么也不知道了。

　　我醒来时已是傍晚，我看到院长、科主任、护士长和科里的同志们都站在床前；我发现军区报社采访七团那个连长的记者也站在床边，正在向本子上写着什么；我听到院长俯下身慈祥地对我说:小邹,你好好休息。不知怎的,听完这句话,我的眼泪突然涌了出来,可能不是因为感动,而是因为委屈,一股莫名的委屈。第三天早晨,我刚刚从床上醒来,科里的护士小秦兴冲冲地把一张报纸递到了我的面前,我有些诧异地向报上看去,在报纸的第一版上,我看到有两行黑字:也是为了战友——记女卫生员邹艾。最初的一刹那,我并没把这邹艾和自己联系起来,不懂小秦何以要给我看这张报纸,当我终于明白之后,一股巨大的欢喜从心里涌出,哦,终于有人注意到我了,注意到我了!我急忙把报纸盖在了脸上,我怕我的表情会泄露我心中的喜悦,我不想引起别人的妒忌。三个月之后,我听说第二批提升护士的命令要下了,其中有我的名字。但我不敢太高兴,我害怕万一!我担心护士长再换别人,于是我决定也学你的样,给护士长送一次礼!恰好那时她的儿子快过生日了,送礼也算名正言顺。只是我当时手中的钱少得可怜,一个月七块钱的津贴费,每三月还要给娘寄十二元。她一个人在家,挣的工分只够分回口粮,买油盐酱醋都要钱。给娘寄走之后,我再买点肥皂、牙膏、鞋垫和其他零星用品,手上一月只能剩下一块多钱。我决定送礼时,手上只攒有七元。我知道用这七块钱买礼物太寒碜,便决定借,我向小秦又借了七块,我估计十四块钱买礼物就差不多了,可到商店一看,天,一身童装就得十来块。我在柜台前站了半天也没敢买,这样的礼物不仅费钱且拿上也太不显眼!我最后决定买吃的,小孩子一般喜欢吃的东西,只要孩子喜欢,做妈妈的定会高兴!而且买吃的十四元可买上一挎包,看上去也显得大方。下了决心之后，我便去食品柜上挑，最后买了两盒巧克力，两瓶橘子汁，两瓶枣花蜜，三斤香蕉。这四样东西我一样也没吃过，买巧克力时我真想打开盒掏出一块尝尝它是什么味道，但我最后只是咽了两口唾沫。东西买好之后，我不敢拿回宿舍，我怕女伴们看见后追问用途，因为她们知道我一向俭省，就径直去了护士长家。临进她家的门之前我在心里祷告：可别碰上科里的人，我知道送礼时碰见熟人，不仅自己难受，主人也会尴尬。还好，敲门进屋后没见别人，但随即又使我一怔：她家里只有保姆和孩子在家，护士长本人出去了。我心里暗暗叫苦，这可怎么办？送礼物不让护士长看见不是白送？现在再把礼物提回去也已不可能，因为保姆已经发现我的挎包里装着礼物。我只好找话题坐那里一边同保姆拉呱一边等，我心乱如麻，唯恐这期间有科里的熟人进来看见，可嘴上又只能装着平静地和保姆说话。更麻烦的是护士长那个三岁的儿子已经用鼻子闻到了我的挎包里装有香蕉，一边叫着"香蕉、香蕉"，一边扎煞着两手跑过来要掏那挎包，我没办法，只得掏出香蕉给他掰了两个，不想那孩子吃得很快，转眼间就把两只香蕉吃完，而且那保姆很利索地把香蕉皮扫进了垃圾桶，我心里暗暗着急，如果让孩子照这样吃下去，而且把香蕉皮也扫走，那护士长回来时看到我拿的香蕉少得可怜说不定就会嫌弃。还好，当我第二次拿了香蕉递给孩子吃时，护士长推门进来了。我长舒了一口气，急忙含了笑说：听人讲孩子过生日，俺来表示一下祝贺！跟着就掏出礼物往桌上放。护士长亲热地拍着我的肩膀说：小艾小艾你看你看，你这姑娘怎么为这事花钱不该的不该的。我急忙说没啥没啥,看一眼护士长那含笑的脸,就快步向门口走去。她扶了门框喊:有空就来玩记着小艾你这姑娘嗨我不送了。我走出了她家的院子,又长长舒一口气,总算把这件事办了!

不久之后,我的护士命令终于顺利公布了。外一科卫生员邹艾同志晋升为外一科护士,行政二十三级。科主任读出的这句话牢牢印在了我的心里。命令公布的当天傍晚我一个人去医院后面的河边,我对着那缓缓流淌的河水连说了三声:我成了国家干部!我觉得那晚天上的星星格外明亮,河里的蛙鸣格外动听,地上的草香格外浓烈,拂在身上的风格外轻柔,四周弥漫着一股极好闻的薄荷香味。第二天,院务处按规定发给了我三个月的工资,每月五十二元,总共一百五十六块。我攥着那堆钱,抑制着不让快活的眼泪涌出来。从今以后我有了固定工资,我再也不用怕天旱地涝歉收有病!娘,我要让你享福,让你享福!发了工资的当天中午,我去邮局给娘寄了一百块,又专门去商店给自己买了一副乳罩,我也要戴戴这东西!第二天早晨起床后,我脱下身上的背心,小心地戴着那副新乳罩,就在我还未扣上扣子时,你端个脸盆走过来,你把嘴一撇,大声小气地说:哟,到底是提了护士,也抖起来了!我觉着一股火倏然蹿上了脸,我丢开乳罩,两手迅速攥成拳头,我真想双拳直捣过去,就捣你戴着乳罩的两个奶子,一定会捣得你捂了胸口哇哇叫,但转瞬间理智就又回到脑中:这一拳捣出去可能会惹是非!于是我强吞下这口气,只压低声音说了一句:少学夜猫子叫!这些你忘了?

屋里静极。荧光灯管把光悄悄洒向屋角里。

金慧珍手攥着一块石头,呆呆地望着对方,许久,才从唇间挤出一句:"你记得这样清楚!"

"想忘也忘不了。"邹艾望着那堆了一半的假山,双眸一动也不动。

……那日,唐妮抱了女儿在后院玩时,发现一处小角门没锁,就顺脚走了出去,院外是一马平川,天广地阔,她心里好舒坦。走不多远,看见一个赤臂弯腰奋力挖红薯的小伙,便款步走上前去……

"疼呀——"一声凄厉的喊叫陡然在室内冲撞,两个女人虽然知道那声音的来处,却仍然禁不住身子一晃。

当上护士之后,我立刻选定了自己的第二个目标:当军医!这一来是因为我发现干护士太累,一上班就忙,夜班太多,长期下去身体说不定会毁,生存得更好一点的愿望使我想改行当军医;二来我也看出,护士在医院里的地位和受到人们的尊重程度,远不如军医;再说,若长期搞护理,我在家跟着德昭伯学的那些本领,就不可能展示出来让人们知道。这个目标选定之后,我开始琢磨实现的可能性和途径。医院里当时护士改军医的路子有两个:一个是不定期地在护士中挑一些表现好的,送到军医大学学习,毕业后定为军医;另一个是对有特殊医学专长的护士,破格由护士直接改为军医。前一条路因为是软标准,又有军医大学的招牌在闪着,很多护士都跃跃欲试。由于竞争的人多,就需要拉关系、找门子、送礼物,我估摸这条路自己难以走成。便决定走另一条路,这条路是硬标准,学有专长! 这不是一件简单的事。我对自己从德昭伯那里学来的知识作了一个回顾,掂量着从哪个方面着手能尽快地显出成效。最后决定:钻研中药配方治疗扁桃腺肿大。扁桃腺肿大是感冒患者的寻常症状,患者最多,医院里的西医治法是吃消炎药,打消炎针,再不就是干脆切去。这种治法疗程长、病人受苦多,且一旦切去扁桃腺也会给人们在生理上造成微妙影响。倘若我能用中药配方在短时间内就可把病人治愈,当然就该算学有专长了。那样,改行当军医的事大约就有希望。我记得当初在跟德昭伯学医时,曾见他把一种中药制成的药浆点在病人肿大的扁桃体上,只一夜工夫病人便可康复。我原以为只要写信给德昭伯把药方要来,自己做一下临床试验,写一篇论文性质的报告就行了。谁知事情远没我想象的那么简单,德昭伯寄来药方时还附有一信,内中说,这种药浆要根据当时当地气候特点和病人扁桃腺肿大的情况,不断改变其中几种药的配量,且列有一张详表。这就需要试验! 可我哪有试验的东西? 还有,这药浆的制法也很麻烦,有一味药要用白酒泡,有一味要焙干研粉,有一味要熬成糊状,我去药房给人家说了半天,那胖司药不仅不答应帮忙,还冷冷地吓唬:姑娘,中药可不是配着玩的,不同的剂量配出的药效果可不一样,万一出了事你吃不了可要兜着走!

怎么办？干不干？就在我为这事犹豫苦恼时，突然听说，护士小靳和一个副军长的儿子谈上了恋爱，马上就要被调到那个军的医院改行当军医。不由自主地，我心里生出了一丝羡慕：走这条路多轻松啊！小靳收拾东西要搬走的那两天，我常常望了她不由自主地在心里说：你好幸运！就是在这样的心境下，我慢慢发现你上班时常往七号病房的三十七床跟前跑，而且有两次还带了麦乳精和蜂蜜去，去后就在床前转来转去不想离开。你不要脸红，这都是过去的事了！我当时并没在意，我知道那床上的病人是一个动了粉瘤切除手术的参谋，叫巩厚，面孔白净，相貌平平。我估计你是爱上他了，护士爱上住院病人的事在医院经常发生，何况你爱的又是这样一个貌不出众的男人，所以这事开始我并没放在心上。我还在为我自己的事苦恼：要不要在治疗扁桃腺肿大的事上干下去。

就在我苦恼烦躁的这段日子里，我值过几次夜班，每次到三十七床给那个姓巩的参谋打针时，因为知道是你的恋爱对象，我总要仔细地看上一眼。这一看我发现，他也在暗暗打量我，而且我以一个女人的敏感发现，他那种静静的目光里含着一种欢喜。我有这种感觉之后，只是在心里好笑。嗬！你这个参谋，快看你的金慧珍吧！你以为所有的女人都像金慧珍那样爱你？我可不喜欢你来看！他有两次主动跟我搭讪，我只是随口应两声就走，根本未给他笑脸。

直到有个星期日上班，我才知道他的身份。那天，我正要进屋给他打针，突然见院长亲自领着一个老军人和几个女的走进病房，刚进房门，院长就笑着说：小巩，副司令来看你了！

那巩厚从床上欠身,望定那老军人叫了一声:爸爸!我一怔,转身一问,才知那老军人是大军区的副司令。哦,原来这个巩厚是副司令的儿子,怪不得金慧珍那么情切切地给送东送西,追得那样紧哩!在那一刻,我突然对你生出一种妒忌、一种嫉恨。我知道,你如果真要和这个巩厚结了婚,你立刻就会过上另一种生活,我此生永远也不会赶上你!我当时心里像有一只猫在抓,又疼又痒,不停在心里喊:噢,金慧珍,你真精啊!

在知道了巩厚是副司令儿子的最初几天,我对你还只是嫉恨,还没想别的。接下来就到了那个上午,那天上午天蓝得很净,我值班时心绪很好。我端上注射盘走进七号病房时,仿佛还哼着一支什么歌儿,可进屋一看见你正含笑坐在巩厚床边给他削苹果时,我心中忽然无端地就升起一股气恼,我有意不按正常的顺序先给巩厚打针。我先到了三十八床,我把对你的嫉恨也迁到了巩厚身上。我刚给三十八床病人打上针,你就跑过来从针盘里拿出给巩厚注射的针管说:我来给巩参谋打!我当时便把嘴微微一撇,在心里叫:看把你高兴的,一副贱样子!你不要生气,我说的是我当时的心绪!

当你给他打完针时我也已给三十九床病人打完了,这时我们俩都直起了身,也就在这一刻,我向那个巩厚瞥了一眼,我原以为他一定正含情脉脉地注视你,却不料我的目光会碰上了他的,他正在看我,而且目光热腾腾辣酥酥的。我因为在家有过一段恋爱的经历,所以我已经能分辨出男人目光中有无热度和那种微妙的东西。我此时发现他这种目光和前些时发现他那种喜欢的目光,心境不同,心也就禁不住一动。

我的心也仅仅是一动，我还没想别的，我只是觉得诧异：他为什么不热辣辣地看你反来看我呢？记得是第三天的后晌，我们两个又同时走进七号病房，你是去专程看他，我是去给另一个病人送药。我们两个一进门，我就注意到他的目光一直在跟着我，尽管你在跟他亲热地说话。你似乎有些感觉，一直想把他的目光吸引到你的身上。那天你穿了一件粉红的丝质内衣，内衣的皱边从军衣领口处可以清楚看见，你脚上穿一双擦得锃亮的棕色半高跟皮鞋，袜子是藕荷色，我知道你这是刻意打扮出来让他看的，可他的目光却一直在我身上晃动。走出房间时，我已在心里断定，他喜欢我实际上胜过喜欢你！这个判断做出之后，我还是有些怀疑和不解，我一直觉得你会打扮又舍得花钱打扮，相貌又确实不错；而我穿的全是部队发的东西，又是从小吃粗茶淡饭长大的，他没有理由不喜欢你而喜欢我！这问题我当时一直没弄明白，只是到了许久之后我才清楚：在他生活的那个圈子里，他见到的能讲究会打扮的姑娘太多了，你和那些姑娘相比，还属于不太会打扮的人。一个人对一种现象天天见，这种现象就会对他失去新奇感和吸引力，他因为见到的会打扮的姑娘太多了，才对不打扮的我产生兴趣。还有，他过去接触到的姑娘，就肤色和体形来说，多是白皙、苗条形的，你也和她们有些相近，只有我肤色黑红，看上去丰满强健，完全是另一种类型，这也对他产生了吸引力。就在那天晚上，我在宿舍冲澡时，特意走到穿衣镜前，仔细地打量起自己那赤裸的身体。在这之前，我对自己身子的漂亮与否从未留意。我看一遍镜中的自己之后，第一次在心里觉得：

自己的身子不错！双腿笔直、结实,膝盖以下略黑,膝盖以上浑圆雪白,大腿上的筋肉按上去有很强的弹性;臀部呈弧形,大小适中;长背、细腰、宽肩膀,两臂修长,上臂皮肤细腻圆润;小腹软而微凸,肚脐眼凹进肉里;双乳鼓实,乳头微黑,身子一晃它就不停颤动。这副身材也许真有吸引力?!

还有,你吸引不住他的又一个原因,就是你的态度。你对他追求得过于热烈,逢迎得过于厉害,这种态度对于普通的男子可能会产生效果,使他们的自尊心得以满足从而对你产生好感,但对于他这种被女人娇惯久了的男人来说,却会使你在他眼里的价值降低,男人对太容易到手的东西,反倒会生出一些怀疑和腻味。而我对他爱理不理,反倒使他增加了兴趣。

这些,我都是在很久以后才明白的,在当时,我只是感到困惑。当然,在困惑中也觉到了一丝欢喜,尽管我对他毫无感情,但发现一个男人在暗中喜欢着自己到底是一件值得高兴的事情,何况这个男人又是一个副司令员的儿子!不过,高兴归高兴,我还没有想到要采取什么行动,要不是那天傍晚我俩相遇,也许下边的一切都不会发生。不知你还记不记得,那是一个雨过初晴的傍晚,我交了班,脱下工作服,就要由护士办公室回宿舍时,蓦地记起,在七号病房的三十九床病人那里,还有一个体温表没有取回进行登记,于是便匆匆进去取了来。我刚走出病房,你穿着便衣,打扮得花枝招展走来,你看见我未穿工作服从七号病房出来,立时一怔,你一定做了错误的判断,你以为我去找巩厚说话了,所以当我从你身边过时,你向地上唾了一口,用极低的声音叫:想浪到别处浪去!我听见后猛地扭过了头,用气愤至极的眼神瞪着你,我们两人对视着,都无声,却都把恨意射向对方。走廊上很静,我们两个互相瞪视足有三十秒钟,倘是有人注意听,一定可以听到我俩目光的碰撞声。就是在那个时刻里,我在心里做出了有关我一生的决定:一定要把巩厚从你手里夺过来!单单为了使你痛苦我也要把他夺过来!夺过来!!

　　这个决心下定的当天夜里,我又有些犹豫,毕竟,我对巩厚毫无感情,把他夺过来以后怎么办?和他结婚?过一辈子?和一个自己不喜欢的男人永远住在一起?我打了个寒战。天快亮时,我基本上已经决定,还走自己的路:去钻研用中药配方治疗扁桃腺肿大的项目。第二天上午是我休息,我一大早就起来,拿上自己的钱去城里的几家中药房,按照德昭伯寄来的方子抓药。我想先按方子配一剂药,在自己身上试试,只要不造成痛苦反应,就悄悄找几个扁桃腺肿大的病人涂上药试验效果,再逐渐改变几味主要药的配量。我原计划中午回来吃饭跟上下午接班的,谁知有一味药特别难买,跑了七八家药店才找到,加上坐公共汽车时又有两次未挤上,结果回来耽误了上班时间。当我手拿着一个面包赶到护士办公室时,护士长冷冷地问我干什么去了,我本想说出真情会得到原谅,不料刚说完护士长就训了起来:不要异想天开!老老实实干好你的本职工作就行了!护士长训我的时候,我瞧见你站在门口轻蔑地笑,这一训一笑把我肚里的委屈全变成了火!好!老子不干这个!不干了!我也要走轻便的路,只要我把巩厚夺过来,我想要的东西就会有的,会有的!我当时狠狠跺了一下脚,没有人知道我跺脚是什么意思,只有我自己明白,我的决心下定了。把巩厚夺过来!金慧珍,咱们看看谁的本领——

"疼呀——"一声凄厉的喊叫,使邹艾的身子又是一颤,话中断。

屋里重被寂静填满。

金慧珍直直地看着对方,眼中的惊愕又已被仇恨替代。她猛地坐下去,把手中的那个石块在水泥浆上一蘸,安上了假山的山体。

邹艾也直盯着假山,许久没有开口。

……那挖红薯的小伙叫南阳,南阳忽见一个年轻漂亮的女人抱着孩子向自己走来,有些慌张,急忙把脱下的破褂子穿上,弯腰朝唐妮鞠了一躬,拘谨地招呼道:大嫂,你早……

"讲呀!我倒要听听!"话从金慧珍的牙缝里蹦出,在墙上撞出回声。

我的决心下定之后,我就要行动。我反复琢磨着怎样来加浓他对我的感情。那日上班时,恰好护士长告诉我:巩厚说他腰背部的肌肉和筋骨都有些酸疼,可能是在床上躺久了的缘故,你上班后记着给他按摩一次。我听后立即答应:行!我在家跟德昭伯学过按摩,入伍后曾经给住在科里的几个病人按摩过,护士长知道我有这个本领,所以对我作了这个交代。

我决定利用这个机会,让巩厚对我的感情加深变浓。

我当初跟德昭伯学按摩时学过三种方法:一种是治疗式按摩,这就是针对病人的病情,按规定的穴位,借助手法的轻重、柔和、持久和深透,施术于病人体表,在其肌体内部产生或发散,或补泻,或平衡或宣通等作用,使肌体经络疏通,营卫调和,气血周流如常,阴阳相对平衡,达到治病目的。另一种是恢复式按摩,被按摩者只是疲劳,并无疾病,这只需在一定的穴位上使用中等强度的腕力、指力进行按摩,可以使病人产生轻松感,解除疲劳。再一种是快感式按摩,也叫亲昵式按摩,通常只对自己无病的亲人和朋友采用,目的是求舒服和快乐。这种按摩法,除了对规定的穴位进行轻度按摩外,还要对人的耳后、颊部、胸口、大腿等敏感部位的皮肤进行微微揉抹,指法强调一个柔,按摩的结果,常常会使人产生一种快感、满足感和亲昵感。我决定对巩厚按摩时第一种和第三种方法并用。

我处理完其他事情之后,就走进了七号病房,巩厚见我进屋,立时欢喜地从床上坐起。我一脸庄重地对他说:护士长告诉我你腰背有些酸疼,让我来给你按摩按摩。他立时躺好身子说:好。我于是先按治疗式按摩法给他按摩:始用松筋手法从大椎穴推起,沿督脉,膀胱经两侧回旋按摩,自下而上至腰阳关穴;继用按压手法对风门穴、八髎穴施行按压;再用肘尖压环跳穴,拿捏承山穴至昆仑穴,太溪穴。在他肌肉完全放松之后,我悄悄地改用了快感式按摩,我的双手轻柔地在他的颊部、耳根、颈部、胸部、胁部、膝部、双臂内侧揉抹滑动,将一丝丝熨帖、舒服、快乐、亲昵通过他的皮肤、筋肉传达到他的中枢神经,我看到他的呼吸渐趋不平稳,双颊开始出现红潮,双眸变得黑亮、温润,唇间开始抿着一缕笑意,四肢完全放松平伸,双手的指尖微微颤动,我就知道,我的按摩已经产生了效果。我结束按摩时有意问他:你感觉如何?他快活而激动地说:很好!很好!谢谢,谢谢!希望你明天能再给我按摩一次。我说:明天该我休息。他立时面露沮丧地叫:那怎么办?那怎么办?我随后便装着无可奈何地答应:你如果实在想按摩,我明天晚饭后抽空来。他顿时便又转为欢喜。第二天傍晚,我略略打扮了一下,洗了头,在头发上稍稍洒了点花露水,上身穿了一件自己买的短袖白衬衫,下身穿一条洗得已经变薄了的黄军裤,脚上穿一双紧口布鞋和一双白色锦纶袜。我那时已意识到,我所以能吸引巩厚,除了精神上的独立不羁外,就是自己身子的丰满和匀称,而这身不露打扮痕迹的衣服,恰好可以把我身子的这个特点显示出来。

我走进他的病房时,他欢叫了一声:来了?!屋里当时并无别人,另外两个病号都已去了窗外草坪上散步,我希望的就是这种无人而安静的环境。我仍按上次的按摩方法给他按摩,当那种快感、满足感和亲昵感产生以后,我轻柔地问他:还好吧?我的这种声音在那种氛围里,也带一种含而不露的亲昵。我这份亲昵鼓起了他的胆量,他的脸颊霍然间红透,同时猛地抬手抓住了我的手腕,有一刹那,我没有动,我感觉到他的手在微微地抖,身子也开始轻轻哆嗦,喘气在慢慢变粗,我知道目的已经达到,他对我的热情已被鼓起。于是,我便抬起另一只手,庄重而坚决地把他攥我手腕的手指掰开,而后,一声没吭,就出了门。

我一连几天没见他。

我知道,在这种情况下,不见面反而会使他的感情变得更浓,一定的隔离倒会使相聚来得更快。这是我初恋的经验告诉我的。而且,我也要以此让他知道,我不是个轻浮的姑娘!

我注意到他极力想寻找与我单独说话的机会,但我一直佯装不知,总是巧妙避开。这期间,他的刀口已经基本长好,可以下床走路活动了。那天,我从七号病房门前过,他突然从门里闪出,飞快地将一个字条扔进我托着的药盘里。我装作意外地看他一眼,便向前走去,到了护士办公室,我悄悄展开字条一看,见上边写着:你生我的气了吧?今晚八时你能在医院花圃里听听我的道歉吗?我笑了笑,事情的发展果然和我预料的一样。我决定去赴这次约会。

但是晚饭后,就在我要动身的前夕,我却倏然又生了犹豫。难道真要把这件事进行下去?结果会是什么呢?我平日已经听到过不少富家子玩弄穷家女之后又无情丢开的事,会不会得一个那样的结局?正当我沉在这种犹豫中时,你突然进了我的屋,我当时有些意外,你平日是不进我宿舍的。你望了我喘一阵粗气,然后压低声音开口说:我希望你自重些,不要办卑鄙的事!我立刻明白了你指的是什么,而且猜到你这几天受到了巩厚的冷待。本来正为是否赴约犹豫的我,被你这番警告激怒了,犹豫"呼"一下飞走,我的心又被要使你痛苦的愿望占满,我立刻在心里决定:去!一定要把巩厚完全夺到手!我记得我当时看定你,含讥带讽地说:怎样生活我自己

92

知道!

我现在才明白,我那句话说得实在太早,一个人二十几岁时,对组成生活的主要成分还不可能全都知晓!

我便毫不犹豫地去赴约了。那晚无月,星也不多,大片的云块在天上奔跑,空气中饱含着一股水汽,有蟋蟀在花圃里叫,叫声时断时续,几缕灯光从远处的楼上飘来,在红花绿叶间浮动。我去的时候,已经早过了八点,幽暗的花圃小径上,只有他的身影在慢慢地移。当我出现在小径尽头时,他便疾步迎过来,没容我开口,他就急急以歉疚的语气说:那天……对不起……我唐突……我打断了他的话,说:没什么,那天我并没有生气,这些天我只是因为忙,才没去看你——真的?他听后猛然忘情地抓住我的手,不过立刻又怕得罪我似的松开了。真的!我一边柔声回答,一边抬手去抚他的臂,问:露水下来了,冷吗?我的声音和举动,又给他添了一点勇气,他边说:不冷;边怯怯地把手压上我的手背,我没动,我知道他需要一点鼓励。而且我由他的这种怯怯的举动,判断出,他过去并未谈过恋爱,与女的像是没有过接触,不是那种玩弄女人的老手,这使我觉到了一点畅快。他的手指慢慢触摸起我的手腕来,我依旧没动。我的默允,使他的勇气渐渐增大,他慢慢拿起我的手,握在他的掌中,我的手完全放松,平躺在他的掌里,让他感受到了我的顺从。我们就静静地站在那里,倾听着四周昆虫的低鸣:有一只蟋蟀拉了长声,有一只蠓虫哼着短句。我的心平静如水,微波不起,只是在想象着你将来的痛苦情状。但我感觉到了他的脉搏跳动渐渐加剧,两手抖动得越来越快,我预感到要有什么事情发生了,果然,他猛地把我的手抬到他的嘴边吻了一下,我的手触到了他那灼热的唇,我挣了一下,他却越发攥得紧了,与此同时,我听到了他低而激动的声音:小艾……我……我爱你!……

我虽然对他毫无感情,但听到他的这句表白,心还是怦然一动,在那一瞬间,心中的那丝困惑又闪了出来:我一个农村姑娘,何以会得到他一个副司令儿子的喜爱。

"我可是一个农村人!"我平静地说。

我估计他早已知道我的出身,我所以说出这话,是为了把心中的那丝困惑弄明白。

噢,我不在乎!不在乎!他一连声说,我喜欢你身上的纯洁,我就是喜欢!喜欢!我求你答应我……答应我……

听到"纯洁"那两个字,我的身子禁不住打个寒噤,这不是因为激动和感动,而是因为歉疚。天啊,纯洁!其实,我无论在精神上还是在肉体上,都已不纯不洁了。告诉你,慧珍,在当时,我其实已经失过身了,你不要吃惊,这是真的,知道这件事的除我之外只有四个人,你是第五个,我觉得现在应该告诉你了。让我失身的是我家乡的一个大队"革委会"主任。我恨他,永远恨他,是他使我永远痛苦的!当然他以后得到了我的报复,这一点我以后再给你说。由于这歉疚,有一刹那,我甚至就要决定不再回答巩厚什么了,就要决定从此一刀两断了。但巩厚却误解了我因歉疚而起的寒噤,他以为我是因为不相信他那话而要抽身走掉便紧抱我的胳膊说,小艾,求你相信我,求你相信我,如果今后我们在一起你看出我这话是假的,你可以用枪打死我!打死我……不知是他的真诚在那一刻打动了我,还是要使你痛苦的愿望左右了我,反正我张口说了一句:"我也爱你……"这句话是我从书本上学来的,它们没浸任何感情就从口中溜了出来。

他听了我这话,身子猛一颤,先是瞪眼望了我一刹,跟着便一下把我拉到了他怀里。我听见他激动地喃喃道:我接触到的姑娘有两种,一种是和我家境不相上下人家的姑娘,她们大都有做作卖弄自傲自高的毛病,我看不惯;另一种是一心想结识讨好我的一般人家的姑娘,她们献媚作假奉承,我很厌烦!你不属那两种姑娘,我很庆幸能遇见你……我没有听下去,我只让他在我颊上亲了一下,便推开了他,我不想让事情发展得太快,让他觉得获得我太容易。我说:时间晚了,你该回去休息,要不一会儿值班护士见你不在房内,会叫你的!说罢,我就匆匆走了。

回到宿舍,我看见你拎着一网兜看病号的东西出门向病房那边走去,估计你是去找巩厚,我禁不住在心里笑了。我那时已经知道,胜利是决定性地属于我了——

"我不想听你炫耀!"金慧珍呼一下站起,打断了邹艾的叙说,"你走开!"

这低抑的恨声在四壁间回荡许久,才慢慢消失在窗隙门缝。

邹艾一脸歉疚地坐那儿,几分钟之后才又轻轻开口:"原谅我,竟会让你从话中听出了炫耀,我不是为炫耀来的,不是的,我求你听下去,听下去……"

金慧珍愤愤地瞪着邹艾,终于,她又无奈地坐下,拿起一个石块,蘸上水泥,粘向了山体。

邹艾默望着金慧珍那垒山的双手。

……自此,唐妮便和南阳熟了,每到白天,只要见到后角门未锁,便总要抱了女儿出去同干活的南阳说话,一来二去,两人便有了感情。独守空房的唐妮心里早有一份寂寞和对男人的渴望,如今憨厚健壮的南阳总在她眼前晃,心里的那份渴望就开始涨……

"疼呀——"又一声痛楚的喊叫响起。惊得两个女人双眉同时一飞。

一星期之后,巩厚出院了。临出院前,他给我留下了他家的地址和电话号码。但我没给他打电话,也没给他写信,更没去他家找他,我决不给他造成一种我在追他的感觉。我相信他会自动来找我的。果然,没过几天,他就打来电话,问我星期六晚上能不能跟他一起出去看场戏,我装作犹豫了好长时间,才模棱两可地说:到时候再讲吧。星期六傍晚我去接你!我听到他在电话中说,声音中带了恳求,但我却决然地放了电话。我那时已从书上知道,男人一旦对女人生了爱,作为女人,必要的傲慢和矜持是要有的,这样,对方才会爱得更加热烈。

星期六傍晚,我悄悄打扮一番,当然依旧是那种不露痕迹的打扮,然后坐在宿舍里等待。片刻之后,隔了窗玻璃,我看到一辆红旗轿车缓缓在门前停下,先是觉了几分诧异:首长看病一般都是去门诊部,怎么把车开到了这里?待车门一响,看见巩厚从车里出来,才明白是怎么回事。当时,吃惊和意外使我仍然呆站在窗边。我原以为,他可能骑个自行车来接我,未料用的竟是红旗轿车!当兵之前,我根本不知道轿车是什么样子,当兵之后,才算见过了,才晓得轿车有各种牌子,才明白红旗轿车并不是一般人能坐的,那是一种权力和地位的象征。可我从来没想到自己还能坐上它。我刚要拉开门去迎他,不料这时你已从隔壁的房里跑出来,向他奔过去,高兴地向他招呼:巩参谋,来了!我见状停了拉门的手,站那里隔了玻璃向外看,我听见了你亲切地问:近来身体怎样?刀口那里有无什么异常感觉?工作忙吗?我看见你伸手向他让:快,进屋喝点水!你可是稀客!巩厚笑了笑,我辨出那是一种礼节性的笑,然后开口说,他来找我有点事。我看见你脸上的笑容有些僵,眉心因为沮丧打起了皱。我心中快活,却仍不出门,只赶快退回到屋里桌前坐下,拿起一本《护理基础》在手上装了读,直到他来敲门才应一句:请进!他开了门,我依旧手拿书本坐桌前,佯装意外地叫一句:哦,你来了!我起身要给他倒茶,他却含了笑带了小心说:咱们走吧!我故作把他那日的邀请忘了,诧异地问:上哪里走?去看戏呀,今晚星期六,你也歇歇!我这才假装想起,哦了一声,说一句:那好吧。我俩走出屋子,他扶我坐进了车后座,我隔着车窗,看见你还站在你的门口,一

97

脸都是压抑着的怒气和妒恨,我当时心里感到一种莫名的舒服。轿车在鲁市宽阔的街上飞驰,车轮和引擎发出轻微的响声,空调器向车内送着爽人的冷气,收录机里响着幽幽的歌声。我把身子仰靠在椅座上,微微闭上了眼睛。这是我第一次坐轿车,而且是这样豪华的轿车,在那一刻,我不知何故竟突然想起了自己当初在家顶着烈日割草的情景,想起了在小河边伸手捧水喝的模样,耳边还莫名其妙地响起了牛叫,响起了牛车车轮的辚辚声。我当时在心里喊:娘,你看见了么?我的生活变了,变了!

　　那晚演的什么戏我已经忘了,我只记得我们的车门一开,立时有一个女服务员走过来,笑容可掬地看了我们的票,然后便把我们径直引到了紧靠乐池的第二排,在宽大的沙发椅上坐了,而且即刻在我们面前的桌上摆了茶水、瓜子、香烟、饮料。红色的金丝绒帷幕,高高的护墙板,铺了厚厚红地毯的走道,整齐的沙发椅,豪华的壁灯和吊灯,这一切都是我从未见过的。当兵之前,我从没进过剧场和电影院;当兵后虽然在医院的礼堂里看过电影和节目,但那礼堂怎能和这省城第一流的剧院相比,我的眼睛被这满眼的新奇吸引住,心里感到了一种快意。我注意到,我们的四周,坐的不少人都是在报纸上见过面的,巩厚不时地向他们叫着叔叔、伯伯、阿姨,我感觉到有不少人的眼睛在对向我,我从身旁的几个女人的眼中看出了一种探究,我从坐在边侧的几个姑娘的眼中,发现了对我生出的羡慕,我心里突然暗暗起了一阵庆幸,庆幸自己认识了巩厚,要不然,我可能根本见不到眼前的这个世界!

看完戏返回途中,车在一个幽静的大院里的一座小楼前停下,巩厚握了我的手说:这就是我家,要不要下去喝点水?我急忙摇了摇头,我不想这么快就去见他的爸妈,更不想这么毫无准备地匆促走进他的家。巩厚见我摇头,说:也好,反正以后有的是机会,而且,将来,你就是这里的主人!我看着那座精致的小楼在车外隐去,在心里无声地不相信地问自己:难道,我将来真能成为那座楼的主人?

那天晚上,我失眠了。我看到了另外一种生活,另外一个世界。我感到了那种生活、那个世界对我的吸引,我立刻认为,自己从小奋斗想要获得的,其实就是进入那种生活,进入那个世界!天快亮时,我含笑睡着了,睡着后我做了一个梦,那个梦直到今天我还记得很清:我走到一个大河边,河水翻着大浪,把岸边的一只船撞得乱转,我想上船,却又有些害怕,我向船边走两步,又向船后退两步,就在我犹豫时,我忽然看见一只巨大的手伸过来,扶稳了船,那船在那只指头如柱粗的手里稳稳不动,我想看清这只大手是什么人的,却总看不清,只能看到一只很长很长的胳膊,我还听到一个低浑的声音:上吧,上吧。于是我就向船里走去,脚刚踏上船,人就醒了。醒后我坐在床上回忆梦中的情景,我的目光无意中触到了妈妈硬让我戴上的那个手形桃木护身符,我一直把它随便扔在桌子上,那刻一见它,忽然就起了一阵冲动,伸手拿起它,把它那五个僵硬的指头紧贴在胸口,口中叫一句:"保佑我!"

就在我和巩厚一起看完戏的第二天中午,我正在护士办公室值班,突然大门口传达室来电话说,有个男同志找我。我估计是巩厚,就一边疾步向传达室走一边在心上诧异:何以不直接打电话给我?一进传达室的门,我一下子愣了,蓦然之间竟不敢相信自己的眼睛:风尘仆仆的开怀哥站在面前。天,你从什么地方来的?我在短短的惊怔之后扑上去摇着他的手。这是我当兵以来第一次见到家乡人,何况又是他!我内心里一直思念的人!尽管这时巩厚的面孔在我脑子里一闪,但转瞬之后就消失得无影无踪了。我的眼睛热切地盯着开怀哥。从老家里来。他笑笑说。仍旧是当年那种憨厚的笑。你不是要配治扁桃腺肿大的药吗?我爹怕你在这里配药作难,尤其是焙干、炮制那两味药,怕和咱们老家的办法不一样,降低药效,所以要我来帮帮你,他老了,总担心你配药时出了事埋怨他,催着要我来。

哦,我心里淌过一股热流,噢,德昭伯,你想得这样细!随即又起一阵愧疚,我已经把那配药的事忘了,德昭伯,我已经不配药了,不愿意配药了。我把开怀领到宿舍里,刚给他泡上茶,他便拉开大提包的拉锁,先是掏出了十几个纸包,全是配那种药浆所需要的中药;接着又掏出了几个荷叶包,里边有煮熟的咸鸭蛋,有油炸的蚕豆粒,有晒干的芝麻叶,还有一小瓶腌好的香椿芽,全是我在家时爱吃的东西;最后又掏出了娘让捎来的几副绣好的鞋垫和给我缝的衬衣、衬裤。这些带着家乡味儿的东西,一下子勾起了我压在心底的思乡之情,我抚摸着那些物品,眼中竟有些湿了。当提包掏空的时候,我看见有一样东西在提包底上一滚,哦,是那个竹箫。我的心一动,倏地记起了我临离家那晚开怀给我的箫套上用血写的那两个字:等你！我觉得我的脸颊变红了。晚饭后我送他去医院的招待所住,在路上碰到了你。你当时盯住我俩看,看了许久,我心里明白你在猜疑,故意走得坦然至极,我估计你猜不出什么,因为你从来没有看见过开怀。

到招待所安顿好之后,我和开怀坐那里闲聊,无意之中,我想起了那把箫,就问:你现在还吹箫吗?他说,闲了就吹。我顺口又问:还会吹《坐花轿》?他点点头,伸手去挎包里摸出箫,先抚了一阵那箫,随即就凑近低低吹了起来,幽幽的箫声在室内一响,我的心就颤了起来,当初和开怀在一起度过的那些甜蜜时光顿时又回到了心里,那些正午,那些黄昏,那些夜晚,那条小河,那片草地,那道渠埂,那蛙鸣,那蝉叫,那狗吠,又一一回到眼前、耳畔。我的心被这箫声变柔,压在心底的那些情缕又翻上来,裹住了我,情不自禁地,我走上前,抚住了他的肩,我想把头靠上去、靠上去,就在我要弯腰的那一刻,我看到窗外有个人影一晃,我看见了,是你!是你!我立刻明白了你的目的,我的身子打个激灵,心中的柔情顿时消失,又填上了愤怒,又换成了理智。我很快地离开了开怀的身子。

巩厚的面影又竖在了我的眼前。

那天晚上回到宿舍,我意识到,我必须进行抉择!我给自己泡了一杯浓茶,决定不让感情参与,进行一番理智的思考。如果选择开怀作为此生的伴侣,我可能会建成一个比较和睦的家庭;我的感情生活可能会得到满足;我的娘可能会得到好的照顾。但是,迟早,我将要转业回到他的身边,我将结束我在外边的奋斗,重新回去过平常的贤妻良母式的生活。我和我娘相比，至多是在生活中曾轰烈了一阵，到老来仍然是个平庸的女人。一想到这里，我立时感到了痛苦，不，我决不泛泛地打发此生，我一定要过过巩厚过的那种生活，一定要进入那个让人羡慕的世界！在那一刹，我又想起了你，我在心里叫：一定要胜过她！胜过她！红旗轿车、豪华剧院、精致小楼，那些曾经印在脑子里的东西，此刻又自动跳出来招手，我觉得心上的天平在慢慢倾斜，到凌晨两点，我最后做出决定：要巩厚！

我知道我的心在歉疚、在作痛、在自责，但我用石块压住它们，不让它们来干扰我的决定！

第二天早上给开怀端饭时，我始终不敢看他的眼睛。上午，我陪他游了市内的几个风景点，在这讲究的省城里，他那已有两处绽线的衬衣，他那不穿袜子只穿凉鞋的双脚，他那说话时夹着的土字、土音，他那又黑又破的指甲，他在街上显得有些拘谨畏怯的举动，都使我越来越觉得，我们之间的距离在拉大。在百货大楼里，我给他买了一件白的确良衬衣和灰涤纶裤子，给德昭伯买了很多吃的、穿的东西，我想用这个办法，对付心里的那份歉疚。

下午回到招待所刚坐下不久，门外响起了敲门声，开门一看，竟是巩厚！我觉了意外和吃惊：他何以会在这时找到这里？自从我做了那决定以后，我就害怕巩厚见到开怀，担心他会生出什么怀疑。进来吧。我让道，尽力保持着态度的自然。并立刻向开怀介绍：这是我们军区训练部的巩参谋。一个朋友。哦。开怀听了，急忙起身让座。巩厚坐后笑着转向我说：金慧珍打电话告诉我，说你老家里来了人，让我来看看，我就急忙来了。好一个姓金的!我当时咬牙在心里骂你,你竟敢这样干!我不会让你称心的!我立时向巩厚介绍开怀:这是我一个堂哥哥,叫开怀,在家也当医生,他听说我想试着配一种治疗扁桃腺炎的中药剂,特地送了十几味中药来。巩厚并没起疑,立时亲热地向开怀叫:开怀哥,你辛苦了!巩厚的这种态度让我略略放下了心,但我不敢让他俩待在一起,我担心他俩会从我的举动中最终看明白,于是,就对巩厚说:你忙工作去吧,我陪我开怀哥在这里说说话。我原以为他听了我这话会走的,却不料他开口说:小艾,开怀哥来一趟不容易,我多少得表示一点心意,这样,我今晚请开怀哥去汇泉餐厅吃顿便饭,你作陪,如何?不用,不用,我急忙摇头。开怀也慌慌摆手,他至此为止还没弄清我和巩厚的关系。别客气,开怀哥,你应该赏光,我和小艾——

一听巩厚说到这里,我惊了,怕他把底亮出来,急忙打断他的话,说:好,好,我们去,既然你想要花钱!那就七点,我来接你们!他说罢,便欢喜地走了。但我提着的心并没放下,只要开怀在这里住着,事情早晚就会有公开的时候。因此,尽管我内心里很愿让开怀在这里住些日子,让他在这省城里玩玩,可我还是决定,该让他走了。我委婉地告诉他,医院里不同意我搞那种治疗扁桃腺发炎的试验,药我已经不打算配了。他听后,先是一愣,随后就又慢声慢气地安慰我:咱听领导的话,领导不让搞就算了,我再在这里住一天,买点诊所里用的东西,就想回去了。我听了,心里有些安定,但嘴上却仍在挽留:慌什么,既然已经来了,就在这里跑跑玩玩。他却只是摇头,说家里也忙。我看看目的已经达到，就说：也好，反正以后还有来的机会。

因为晚上要出去吃饭，我回科里跟护士长请了个假，让她把该我值的夜班往后调调，顺便又回宿舍换了换衣服，到快七点的时候，我便向招待所走去，万没料到，推开开怀住的那间房子的门，屋里竟是空的。桌子上留了两张字条，一张是给巩厚的，我急忙拿起看去，只见上边写着：巩参谋，因家里突来电报催我回去，不能赴约了，甚憾甚歉，希望日后你和小艾一起去我们那里玩。突来电报？绝不可能，来了电报也会先交给我！我预感到在我离开的这段时间里出了事情，又急急拿了另一张字条去看，这是写给我的：艾儿，刚才医院里有位姓金的女同志来，把你和巩参谋的关系给我说了，我很高兴，祝愿你们幸福！家里忙，提前走了，多原谅。

我眼前立时爆出一片金星。我急忙伸手扶桌才算站稳了。金慧珍呀，你好毒的心！我一定要回报你！我当时在心里咬牙切齿地叫。直到门外响起轿车车轮的沙沙声时，我才努力在脸上浮了一点笑意，转身迎着巩厚进来，尽量平静地不露声色地告诉他：刚才老家发来一封加急电报，要开怀哥速回去，说诊所里有急事。他接电报后就匆匆走了，没能当面同你告辞，只给你留了一张字条。他接过字条看后，只是说为没能尽心意感到遗憾，并没起什么怀疑。我催他快去餐厅取消所订的菜，他却怯怯地把我拉到怀中想俯首吻我，我知道我的一生从此已定，就顺从地让他吻着我的双唇，而且也开始回吻他，但在我的脑中，此刻远去的列车正轰响着向前，我分明看见,开怀正双手抱头坐在一个窗口。我只能无声地喊:开怀——原谅我……

就在那天晚上,我走进你的宿舍,什么话也没说,只冷冷地看了你几分钟,你忘了吗?

金慧珍低了头,默默捏着石子,蘸了水泥,一块一块地垒着山体。她的一头黑发垂下,几近接地。

日光灯管嘤嘤轻响,搅着屋里的静寂;窗外,浓重的夜色包裹了一切,把灯光阻在了很近的地方。

山体在金慧珍手下缓缓地升高,邹艾的目光随着她那砌山的手慢慢移动。

……那日午后,南阳在掰包谷,唐妮又抱了女儿从角门走出,两人在齐肩深的包谷田里说一阵话,孩子就在唐妮怀里睡熟了,南阳脱下褂子铺地上,唐妮把孩子在褂上放好后身子蓦然一歪,呻吟了一声捂住胸,南阳以为唐妮有病急忙去扶,却不料唐妮一下扭身抱紧了他……

"疼呀——"又一声痛楚的叫。

由于我变得有些主动,所以和巩厚的关系发展得就越来越快,我俩开始常常约会,看电影、看戏、逛公园、逛商店,而且我们的关系也已在科里公开。由于巩厚频繁地来电话或坐车、骑车来找我,秘密实际上已经保不住。护士长知道这件事最早,她知道后特意把我叫到她屋里,说:以后要出门办什么事,只管说一声。还非要把一件连衣裙送给我不可。科主任听说得最晚,还是有次我去向他请假外出时主动告诉他的,他听后慈祥地笑笑,说,小艾,祝你幸福,顺便也告诉你一句我们外科大夫的行话:既然把刀握在手里了,就不要抖。

我知道我们关系的进展,对你刺激得最厉害。只要我和巩厚出去,总见你抿紧嘴,站在窗后,每当这时,我心里便充满一种快意,有时就暗暗想:单单为了使你金慧珍难受,我这样做也值!

由于约会的频繁,巩厚对我的感情在急剧地升温。只要我一次因事失约,他就会坐卧不安,甚至连饭也吃不进;每次见我,他总是激动至极地拥吻,在我耳边絮絮说着他心中对我的爱意,我冷静地看着他的这种变化,知道他已像我当初和开怀那样,进入了狂热期。在和他的接触中,我的理智一直十分清醒,即使在他吻我最热烈的时候,我的心也未能真正兴奋地跳动,我估计我的那份用于爱的感情,已在当初同开怀的相处中完全耗干。对于他的热情拥吻,我有时也给以热烈的回报,但只有我知道,那是装出来的,每当看到他在我回吻下醉得闭了双目时,我心里都要对自己起一阵憎恶,但,又有什么办法?

因为我的理智清醒,所以每次约会,我都在严格把握着两人接触时的"度"。决不打算在未结婚之前就完全交出自己的身子。我那时已经知道,不少姑娘婚姻的失败,原因之一就在于她们献身的时候过早,从而丧失了自己的身体在男子眼中的新奇和神秘。巩厚对自己也有控制力,每次接触,并不提出格的要求，由此我更加断定，他对于我是真心相爱，并不是出于别的目的。只有一次，由于我的回吻装得过于逼真，以致把他的冲动撩起，使他变得执拗起来，我只得用我当初割草时练出的臂力，将他猛地推开。他见我生了气，又急忙红着脸道歉，讷讷地站那里。不久，他提出，要让我去他家里，见见他的父母和三个姐姐。我知道，这是我俩关系发展中关键的一步。这一步走过，下边大约就是坦途了。我答应之后，便开始想着怎样梳妆才能给他父母和姐姐们一个好印象。我先想穿便衣，那时我已买了一身便衣，加上巩厚平时又不断地给我送些衣服，穿便衣打扮起来不成问题，但转而我想，他有三个姐姐，那些姐姐肯定从小在穿衣上就非常讲究，倘我穿便衣，她们势必会在款式选择、布料质量、颜色搭配、做工是否精细上看出、挑出些毛病，而如果穿军衣，就不必有这些顾虑，所以后来决定穿军衣。我把洗净的那身新军衣拿出，用茶缸盛了热水，垫上布，很仔细地熨了熨。那时我还没有见过熨斗，这法子还是从科里的女兵们那里学来的。我挑了一身洗过一水的白色衬裤和衬衣，只用洒了香水的手绢在里边裹了半天，这样，那香味就显出了几分幽和淡，我晓得过浓的香味会惹人反感。脚上穿的是一双浅色丝袜和部队发的那种皮鞋，我只是把皮鞋仔细地擦了擦。我知道我的头发浓密乌亮，一般城里姑娘没法比过，所以就不格外处置，只洗了洗，仍旧扎成两条宜于我脸型的短刷子。穿扮好之后，我用完全客观的眼睛审视自己，我觉出自己身上透出一股素雅大方自然的味儿，加上娘和爹给我的那个看上去挺舒服的脸蛋，我认为自己应该算上漂亮。

107

我的信心增强了。

　　到他家时已近中午,一个警卫战士为我和巩厚开的院门,一进院就看见甬道两侧全是花卉,我只能认出其中一种是月季。巩厚的爸妈在客厅门口迎接。他的爸爸身子魁梧,显出一种粗犷式的威风。但面孔却又十分和善,看见我,笑着叫:小邹,快进屋来! 他的妈妈衣履很讲究,残留着漂亮痕迹的脸上满是矜持,一望而知她是那种可以指挥丈夫的女人,是这个家庭的实际主人。她矜持地笑笑,拉了我的手说:孩子,快进屋!

　　进门就是一间阔大的客厅,那是我当时见到的最大、也最讲究的客厅,客厅里摆着一圈套了红丝绒套子、垫着白色丝织饰布的单人、三人沙发,两边墙上挂着两幅几近落地的立轴,一边是墨笔写的一个大字:"武";另一边是一幅山水国画。墙的四角四个三角形的花架上,分别放着云竹、吊兰、海棠和金橘,那吊兰低垂的青叶间露着白花,那金橘的枝缝间悬着金黄的橘果。一台二十英寸的彩电摆在一个镀铬的四角小柜上。地上铺着厚厚的地毯,脚踏上去几近无声。头顶上悬着精致的花瓣形吊灯。窗台上有一个旋转的自动喷香壶,把一缕缕幽香喷向室内。这客厅的气势,先是给我造成了一种心理上的压力:你进的不是一般人的家! 但随即又让我暗生一股亢奋:我一定要成为这客厅的主人!

　　进了客厅之后,巩厚给我介绍了他的三个已出嫁了的姐姐,我依次低声恭敬地叫:大姐、二姐、三姐! 她们三个果然都和我当初预料的一样,在服饰上都非常的讲究和时髦,脸上都带着富家姑娘特有的那种倨傲和自豪,她们看我的目光中,都带了几分挑剔。我当即心里一紧,我那时已经从书上知道,上流人家的姐姐对弟媳,通常都带有一种妒忌,其一是因为,弟媳把弟弟原本对她们的情义,分走了一部分;其二是因为,她们在爸妈眼中的地位会因弟媳的到来而降低。因此,我一直十分小心地对待着她们。在整个饭前谈话中,我始终把握着两条:第一,不能让巩厚一家人产生那样一种感觉,即我是看中了他们的地位和家产而爱上巩厚的;第二,不能让他们一家人觉着,我是那种能说会道、很有心计、十分厉害的姑娘,那样,就会使两个老人担心儿子今后的幸福,使三个女儿担心她们今后在家庭的利益能否受到保护。我知道大多数家庭找儿媳都希望找温柔贤良的姑娘,而不是能言善辩很有心计的管家。对于第一条,我是在巩厚的大姐问我的家庭情况时直接说明白的。我刚说完:我家住在农村,只有娘一人在家,家里也很穷,娘希望我将来在家乡成个家,好照顾她,可是巩厚……巩厚的爸爸就急忙接过去说:家住农村有什么?我当初也是从农村出来的。穷怕啥,慢慢总会好起来的。巩厚的妈见我这样说,以为我对门不当户不对真有顾虑,就也望了巩厚一眼,丢了矜持,含笑对我说:孩子,穷没啥,富的人都是从穷处起来的,只要两个人感情好,什么样的家境都不要紧。她的三个姐姐见我直接这么一说,就也不再疑着心作种种猜测、发问了。对于第二条,我是通过自己的言谈举止表现出来的,我始终面露怯怯的羞意,总微微垂首回答问题,说话时使用绵软温顺的声调,遇到有些问题说不上时,就柔柔地看巩厚一眼,让他替我回答。从始至终抑着自己平日待人处世时的那股锋芒。由于做到了这两点,我能感觉出他们对我比较满意,吃饭时他们一家轮流给我夹菜,十分亲热。他们把我看成了一个淳朴、纯洁、温顺、懂礼貌、无心计的姑娘。

这一步,我走成功了!

这之后,我便经常出入巩厚家了。但每次去,我都不敢大意,我要始终保持着第一次见面时给他们造成的那种印象。

在这一段和巩厚的接触中,我也渐渐发现他身上确有可爱的地方。比如,他不像一般高干子弟那样,常出去进行社交应酬和玩乐,他不仅不会玩当时在高干子弟群里暗中时兴的小提琴、围棋、桥牌,甚至连足球、篮球、乒乓球也不会玩。他一有空就在屋里读那套《十万个为什么》和他父亲的一些军事杂志,而且爱修理收音机呀,钟表呀,锁呀,伞柄呀一类的小物件,他也特别不爱去他父亲的老战友家里做客,有时他母亲让他去给哪位伯伯送点烟呀,酒的,他一概摇头坚执地回答:我不去。最后那些任务便落在他的姐姐们身上。据说他的这种脾性和他小时候生过一场大病有关,那场大病使他身子十分羸弱,他在和小朋友们玩时常受冷淡、轻蔑以至欺负,所以他便慢慢变得孤僻内向不愿与他人接触。他的这种脾性倒使我很喜欢,我那时心想,这种脾性的人将来结婚后很少会有外遇,他要真是能说会道极善交际风流倜傥反而要惹别的姑娘注意和喜欢。

三个月之后,巩厚高兴地对我说:他向家里提出五一结婚,家里同意了。尽管我内心里很想早日进入那个客厅,进入那个社会,但我还是装作不甚情愿地回答:再往后推推吧。还推什么呢?家里已开始为咱们的婚礼做准备了,求求你,求求你!……在巩厚的恳求声中,我装作退让含羞地点了点头。

我们的洞房在巩厚家二楼一个带卫生间的向阳的大房间里。因巩厚是他父母唯一的儿子,所以他父母对我们的婚礼十分重视。巩厚的妈妈亲自指挥着保姆、公务员对洞房进行布置,从贴壁纸的质量到家具的式样,到地毯的颜色,到床的摆放位置,到床头壁灯的样式,到梳妆台放的地方,到窗帘的色彩,都由她亲自选择、决定、安排,并不要我和巩厚动手。这反倒省得我出丑,要真让我布置那么多东西,我还真不知该怎样安放。在家里和来部队后,虽然参加过几次婚礼,看见过几个洞房,但从没有哪家能和这相比,当这豪华、雅致、美丽的洞房最后布置完毕时,完全可以说"金碧辉煌",我真不敢相信,这会是我一个乡下女子新婚之夜要住的地方,而且今后永远住在这里,成为它的主人!

从四月二十五日起,陆续开始收到结婚礼物。尽管巩厚他爸要我们别把结婚的日子告诉别人,但不知怎么回事,仍然有许多人知道了这个消息,送来了各种各样的礼物。我从来没有想到,一个人结婚竟会得到这么多、这么贵重的礼品。单说送给巩厚和我的衣服,就有上百件。质量有呢料、毛料、涤纶、的确良、棉布;样式有西服、有中山装、有港式;品种有夏装、有冬装、有春秋装,有裙子、有裤子、有大衣、有裙子、有衬裙、有衬衫、有衬裤、有睡衣、有领带、有泳衣。光送给我的中外精致坤表就有六块。礼物中仅皮鞋、皮靴、皮凉鞋就有二十

111

四双。此外还有床单、床罩、枕套、花瓶、毛毯、字画等等。最后巩厚的妈妈不得不另开一间房子让我们放置那些东西,我真没有料到巩厚家会有那么多的亲戚朋友。看着那些东西,我感到了一种真正的被尊重的高兴,我在心里喊:娘,你快来看看,看看你女儿是怎样的阔气!巩厚的爸妈原说拍电报请我娘来参加我们的婚礼,但我担心娘在这种场合不会应酬,就谢绝了,决定在度蜜月时和巩厚一道回家看望她,我要借此机会让家乡的人们知道:今天的邹艾已经不是过去的邹艾了!

我们的婚礼仪式是在军区汇泉宾馆的宴会厅里举行的。那晚来了许多客人,内中不少是我在报纸上见过名字和照片的人。在发请柬的时候,我还特意给你寄了一张,我希望你能来看看我的婚礼场面,从而进一步增加你的痛苦,看到你痛苦我将会十分高兴!你不要皱眉头,我们现在是回忆,我只是想把我当时的心境说清楚。可惜那晚你没去!不过后来科里的护士小冯告诉我,说你那晚一口饭没吃,而且摔碎了一个碗,坐在宿舍里哭了好一阵,不到九点就上床蒙头睡了,我听了心里还是很高兴了一阵。

仪式结束后,巩厚父母设酒宴招待来宾,我和巩厚到各个桌上为客人敬酒,我那晚上的梳妆和风度大约还可以,因为我从不少青年男宾的眼中看出了一丝意外和倾慕,从巩厚的妈妈和姐姐们的眼里看到了一股自豪和满意。为了应付这个晚上,我曾经特意从一个朋友那里借来了一本手抄书:《新娘的风度和礼仪》,是一个日本人写的,那朋友的父亲做过驻外使馆的武官,书是武官闲时为练日语自己译的。我看了两遍,我还暗暗演习过,我做了充分的准备。

当客人散尽我和巩厚刚回到洞房时,老保姆就来敲门告诉:浴盆里的水已经放好,请用。巩厚长长地吻了我一阵,附耳说:你先去洗吧。我走进宽大的卫生间,望着墙上镶嵌的那齐胸高的花瓷砖,看着那洁白的浴盆旁摆放的浴巾和洗浴用品,瞧着那巨大的壁镜,禁不住竟想起了自己当年割草热了时在河沟里擦洗时的情景,哦,我竟然也能用上这豪华舒适的家庭卫生间了。

我把身子浸在温暖的水中,巨大的壁镜清楚地映出我在水中的样子,我刚要惬意地闭上眼睛,意识的深处一个翻腾,使我蓦然记起了自己的曾经失身,记起了秦一可对自己的凌辱。当初进行婚前体检时,我找到妇产科的熟人,没检查就把体检表填了,今晚怎么办?刹那间,我觉到了一阵恐惧袭上身,倘若巩厚发现我曾经失贞,那将会出现什么样的后果?这些天我只顾忙乱,竟一直未想到过这事。我的脑子飞快地转动,后来总算想起了一个主意。我匆匆擦干身子,穿衣回到洞房,趁巩厚去卫生间洗浴时,我飞快地拿起自己带在身上的一把小水果刀,在自己的左脚脖上轻割了一下,让几滴血滴在了床单上的恰当位置,而后用条手绢把伤处一包,估计很快血就会止住,然后便关掉大灯,上床躺下了。巩厚从卫生间出来,几乎是向床上扑过来的,我那时才知道,一个女人要想欺骗一个处在狂热中的男子,原来十分容易。第二天早晨一起床,我就把床单换下,泡进了卫生间的脸盆,幸亏了我采取了那个措施,因为早饭后我上楼时,意外地发现巩厚妈妈正在卫生间里

113

悄悄用手翻着那个泡在水盆里的床单,我清楚地看到,当她从床单上发现那些血滴时,她的脸上浮出一个放心,满意的笑容。天呀!我后怕地捂上了胸口,觉得心脏一阵抽疼,好像有一根敏感的手指在探查我的心灵。

我把这些都告诉你,你总不会还认为我是想炫耀吧?

金慧珍迷惘地望着对方,手中依旧攥着堆砌假山的石头。

电压有些不稳,日光灯管先是一抖,随即暗下来。窗外仍然是黑,黑得无边而彻底。

墙角有虫在鸣,鸣声短促且低,颇似有顾虑。

金慧珍垂下头,把手中的石头缓缓蘸上水泥,向山体上砌去。

邹艾紧盯着她的手。

……那日唐妮和南阳又在绿豆地里幽会,不防土地爷恰好也巡查收成来到了这块地头,他正感叹着绿豆长势不如意,却忽听见豆棵里传出男女的轻声呢喃,定睛一看,眼中霎时就喷出火来,大叫一声:来人呐——!……

"疼呀——"

墙角的虫鸣戛然而停。

蜜月的前十天,是在巩厚家过的。每天早晨,当我和巩厚从酣睡中被保姆的敲门声惊醒、懒懒地一齐从席梦思床上坐起身时,第一个涌进心中的感觉就是:我终于成为这个幸福世界的一员了!

在这十天内,我第一次尝到了安逸生活的滋味。吃饭,我再不用像过去那样操心着缺了饭票、菜票,算计着吃什么便宜、省钱,只需听着保姆喊你就是,你只需往饭桌前一坐就行。那几天我和巩厚的任务主要是回访亲戚朋友,但对于出门走路的事,根本不必像过去那样操心着是借自行车还是挤公共汽车,每天,司机把巩厚爸送去上班之后,尽管老人说过不准我们用车,但司机照样把车停在门口,上哪里只需告诉他一声就行。洗衣、打扫卫生、整理房间,都不用我动手,保姆和公务员会抢着把事情干了。我唯一需要操心的就是挑选衣服、梳妆打扮。

婚后仅仅一个星期,当我对了镜子照时,我就发现我的脸颊变得更丰腴、更红润了。巩厚也在我梳妆时凑近我的耳朵低声说:你在变得更加漂亮!

我知道这是这种优裕生活的力量!

巩厚那些天完全沉在对我的狂爱中,有时中午他也要在床上闹腾一阵,把席梦思弄得咯吱乱响,我唯恐公公婆婆听见,但最后大约他妈妈还是听到了,她可能是担心她儿子的身体,在饭桌上借吃饭巧妙地告诫我们:再好的东西也不能吃过量!

这十来天结束之后,我和巩厚一起回我的故乡。这是预先就计划好的。我给娘、给老四奶、给我认为应该带礼物的人都带了礼物,大小七八个皮箱提包。巩厚的妈妈给了巩厚一千元带在身上。我要衣锦还乡！

临走前的那天晚上，巩厚的妈妈给我们沿途要经过的地方的驻军首长都打了长途电话，她好像和他们都熟，在电话上谈笑风生，要他们给我俩一点关照。

离开鲁市时，我们坐的是火车。原先定的是硬卧，但巩厚的妈妈说：把它换成软卧！你们这些天都疲劳，坐硬卧太吵，睡不好觉。巩厚刚说了一句：软卧回来怕不好报。他妈就说：到时候我给你们管理处打电话！我是第一次坐卧铺，而且是软卧，加上又是回乡，上车根本睡不着，只是望着车窗外飞速闪过去的山水田林，在心中说：娘，我回来了！回来了！

我们是正午时分到家的。附近的驻军首长派了一辆伏尔加轿车送我们。轿车离村边还有一里路，村里就有一大群孩子好奇地跑着迎上来，我知道，这是伏尔加轿车第一次进村子。我让司机减速，孩子们就又惊叹又鼓掌地跟在车后跑。车到村边，村里的男女老幼都已聚在那里，等着看这新奇的汽车到来的原因。当车门打开，我从车里走出后，人们还没有认出我是谁，我当时穿着昂贵时髦的西装，裤线熨得十分笔挺，这些从小熟悉我的父老乡亲，根本不会也不敢把今天的我和过去那个破衣烂衫扛着青草筐的艾儿想到一起，直到我高兴地向站在近处的老四奶走过去，响响地喊一声"四奶"时，人们还在惊异地打量我，而老四奶也并不敢回答我。我只得含了笑自我介绍：不认识了？我是艾儿呀！人们这才噢的一声，围拢过来，望着我，啧啧着：哟哟，看不出，看不出！艾儿真有出息了！看看人家这派头，比县太爷都威风！我的天，真想不到！……听着这连声的惊羡,我感到了一阵说不出的高兴和自豪。哦,我终于有了今天！我的娘正在门前拿草喂羊,知道了我身份的几个半大姑娘跑过去,不由分说地把她拉了过来,我看见娘穿着一身破旧的衣衫,衣衫上还沾了不少草屑,我的心禁不住有些酸。我向娘身边走去,娘却望着我慌慌地向后退,嘴上还在喃喃着:这些孩子们,这些孩子们,拉我来干啥?干啥?我喊了一声娘！便向她怀里扑了过去,她先是一愣,之后才认出了我,才把我紧紧抱住,滚出两行喜极的泪水。

接着,我把一直站在车边的巩厚向娘和村里的人们作了介绍,大家一听说他就是我的爱人,又一齐把吃惊的目光向他投去,他便按我在路上的嘱咐,慌忙给人们散烟,男人们接过那装在圆铁盒里的中华烟,都放在鼻子前闻,叫:好香！我这时也从车中拿出糖块、点心,一一分给孩子们和老人,我要让人们感受到我的阔气和有钱！

那晚,村里的人络绎不绝地来家里看望。老人们来后,差不多都要向娘说:今后有了艾儿,你就该享福了！而且猜测着我家的房子,是不是盖在了风水宝地上,甚至有人活灵活现地说,就在前不久,看见我爷奶的坟上冒出了紫气。老四奶还一脸肃穆地忆起:早些日子的一个傍晚,她看见一对玉兔在我家祖坟尖上嬉戏。说得我娘又惊又喜。

晚上,我和巩厚睡在娘和爹当初结婚时爷奶为他们做的那张床上。当兵前我睡过这床,总觉它还不错,现在才发现,它紧靠抹了黄泥遭了烟熏的土墙,一股潮土味直钻鼻孔,床上铺着用高粱秆织成的箔,稍一翻身就响;头上是熏黑了的屋顶,屋顶上垂着长长的灰条;陈旧的木门、木窗裂着缝,透着外边暗夜灰白的天光;老鼠们放肆地在床边、床腿、床头和屋顶跑过,间或地从屋顶抖落下一些土粒。我躺在那里,第一次对这老屋、旧床生出了一丝憎恶。尽管我想把那憎恶压在心底,它却总是上上下下地翻腾。我担心巩厚也有同感,还好,他仍处在新婚的狂热之中,只紧紧搂住我的身子,手抚玩着我的双乳,并没想别的,只是偶尔看着那些在床头走过的老鼠,新奇地叫:有意思!

第二天,刚吃了早饭,县武装部的政委和公社的主任——就是你的爸爸便都坐车来到了家里,他们说听到我俩归家省亲非常高兴,特来拜望。这些在本地有权的人物的到来,使我感到高兴,我知道这会进一步增加我在人们眼中的分量。正当我同你爸和县武装部政委坐那里聊天时,大队"革委会"主任秦一可眼露笑意脸带小心脚步发怯地走进来,一看见这个耍威弄权欺压百姓并且侮辱过我的东西,我心里就立时升起一股强烈的恨,当着那么多人的面,我不得不朝他招呼一声,但此后我就再没有朝他看一眼,他感觉到了我的仇恨和冷淡,只一个劲地奉承着:小艾,你真了不起!了不起!我并不理他。没多久,他只好讪讪地走了。他走后,我立刻用郑重严肃的口气同你爸说:秦一可这个人群众对他的反映很坏,贪污受贿可不止一次,而且没有一天不在群众家喝酒吃肉,属于标准的贪官污吏,怎么还能够当大队"革委会"主任?这样的事你应该管!你如果管不了,我就去向上边反映!你爸一听,有些慌了,立即表态:这件事我们回去就研究!就研究!

三天之后,你爸爸特意派人送来一信,说公社"革委会"已经研究决定,撤销秦一可的一切职务!我看后先是一惊,后是一喜,我没料到我的那番话真起了作用。我知道这不是我的力量,全在于巩厚爸爸地位的影响!那时候军队的地位还很高,一个团长转业到地方就是县委书记,不像现在这样连降几职,巩厚他爸有段时间还兼任过省委书记,县社干部都知道他的名字。

整治秦一可是我此次回家的一个重要目的,未料到这目的达到竟如此轻易。剩下就还有一个任务:去大队部看看德昭伯和开怀。这是我此次回来最难办的一件事情,我不能不去看他们,却又不知道该怎样面对开怀。

我是在一个半下午去大队部的。我让巩厚拿上照相机和邻居的一个孩子出去拍乡间景色,他这几天已被他未见过的乡下景致迷住。我一个人走,我走走停停,很犹豫,不知道见了开怀该怎么开口。离大队卫生所还有几百米,我就听到一阵幽幽的箫声在响,尽管声隐隐的,我还是立刻辨出,这是开怀在吹,吹的依然是那曲《坐花轿》。我慢慢走近,果然看到,开怀正坐在门前的一块石板上,低头闭目吹着。我没有惊动他,只站在十几步外默默地望。他竟已显出了几分老相。额上的纹路已经横七竖八,而且衣履,也显得脏而不整。我的心有些沉,我想象着他当年的那副雄健模样,人,原来变得可以这样快!我轻轻地走上前,叫了一声开怀哥,他停了箫,抬眼看看我。我去时已经换了一身我认为质量最差的衣服,我只有在开怀和德昭伯面前,才不想炫耀。他显然早知道我已回来,立刻认出我,站起身,很礼貌地招呼了一句:回来了?快屋里坐。我无言地跟在他的身后,向诊所里走。进了诊所,看见德昭伯伛偻着身子在药箄上,正捏制着中药丸,我喊了一声,他辨认了一刹之后,向我颤颤地伸出了手,我忙跑过去,跪在了他的面前,尽管老人当初反对过我和开怀的婚事,但我对他,却始终怀着一种敬爱,也许,没有他,就没有我的今天。

诊所里的摆设,都还是过去的东西,只是更显出了破旧。望着诊所里的那些简陋破旧的药橱、药柜和用品,我在心里想,假若真和开怀结婚,在这里生活一辈子,我决不会不感到痛苦。我和德昭伯亲热地说着话,开怀一言不发,只默默坐在一边。天快黑时,我留下带给他们父子的礼物,告辞出来。开怀送我走了一段,两人单独相处,我不知该说什么话,许久,才开口:开怀哥,你也成个家吧!他听了,低低地应一句:是哩。并不说别的,我让他留步,他就站下,默默地看我走。我走出半里路,又听得那箫声响起,调子依旧是《坐花轿》,只是显得凄幽至极,我的心于是便又沉下去。

我们离家返回部队时,又是附近驻军来车接的。走的那天,你爸爸和公社武装部长、县武装部政委,又专程坐车来送,并且非要送出县界不可。几辆车扬着烟尘,浩浩荡荡地离开了村,一种威风感和自豪感又从心里升起。当车队从我曾经上过的那所中学的校门口过时,我让司机停了车,拉巩厚一块下去,在校门口留了个影。并且拉住两个衣衫稍显褴褛的女学生,硬朝她们手里各塞了十元钱,把她俩惊得目瞪口呆,我告诉她们我叫邹艾,曾经是这所学校里的学生。

我知道她们会替我宣传！

"疼呀——"又是一声痛楚地喊。

电压已恢复正常，日光灯管重又变得明亮，电流嘤嘤作响。

金慧珍仍然俯了身，默默堆砌着那假山的山体，山体在她手下缓慢地增高，盛着假山的椭圆形水磨石盘，无言地承受着那越来越重的压力。

邹艾双眼依旧直望着金慧珍那砌山的两手。

……土地爷要生生吊死唐妮和南阳，唐妮的小女儿见妈妈被绳捆索绑拉到屋梁下，从土地奶的怀中挣出哭着向妈妈扑去，土地爷被小孙女的哭声弄得心有些软，再一想若儿媳死去，小孙女无爹无妈委实可怜，就咬了咬牙说：罢，饶你们两个贱人一命！不过你们必须受禁锢之苦，终生不得再见外人！说完，手一挥，招来三万地兵交代：你等速找一块地方，在四周砌上高山，把他们永禁其间……

我们回到鲁市的家中，度完蜜月的最后几天，就开始上班了。这时，业务上的进取我已完全不再关心，我关心的只是把目前的这种优裕生活保持下去。我当时心里明白，我虽然进了这栋楼，但要在这里站住脚，完全成为这里的主人，却还要费一番力气。

我开始做这种努力！

我知道我必须首先牢牢把巩厚的心拴在我的身上。一个女人要想使自己的男人对自己永不变心,办法只有一条,就是保持自己的吸引力。这句话我忘了是从哪本书上看到的,我把它牢记在心里。尽管是婚后,外形上的吸引力仍很重要。我比过去更注意打扮,当然也比过去更有条件、更懂得怎样打扮了。我在服装、发型、饰物的选择上,力求给人一种高雅、成熟的感觉,加上那时我在优裕的生活条件下,肤色也渐转润白,身形愈趋丰满,所以每当我在一些女子多的场合出现时,巩厚的目光仍旧缠在我的身上。此外,我还布置了两个卧室,并不是每晚都和巩厚住在一起,对他的亲昵要求,也并不都给以满足。餍足感是一些男子对妻子疏远的原因之一,这种短距离的分离和限制,恰恰把这一点消除了。再者,我始终注意制造一种温馨的家庭气氛,让他时时觉得,再也没有一个地方会比回到我的身边更舒心了。我从不让他看我的冷脸;我一直不对他使用生硬话语,他爱吃蛋羹,我常常亲自进厨给他炖上一碗;他爱听二胡独奏,每天他一进屋,录音机里总在响着低柔的二胡弦乐;他爱低枕,我从不让他的枕头高出一厘米。女人的温柔和体贴,是软化所有男人心的最厉害的药,他当然也躲不过。还有,我时时询问他工作上和在处理人际关系上的烦恼,常给他一些经过自己深思熟虑的建议,让他觉着,我是他在人世生活上一个有力的助手。由于做到了这些,即使在婚后一般夫妻常要经过的失望期里,他也始终对我含着深情。

经过这一段夫妻生活,我对巩厚的了解也更加深刻。由于从小身体上的羸弱,由于富裕家庭的种种满足,他的性格中没有那种逞强、争胜的成分,他没有打开局面改变既定状况的能力,他缺乏承受挫折、失败、磨难的心理准备。他平时非常容易沮丧,容易因自尊心受伤而生闷气,有时在和同志们玩闹时听到一句挖苦,回家来就气得吃不下饭,得让我劝半天。他身上有一种小女孩才有的那种脆弱,他好像特别容易受伤害,他每天都有时间在不快乐,那不快乐的原因常又非常琐屑。比如,有次他们处里有一个参谋开会让烟时,别人都让了却忘了让他,他便觉着人家是看他不起,来家气了两天,饭也不想吃,使得我不得不像哄小孩一样把他揽在怀里哄劝。我那时就有些怀疑,他是不是有点心理疾患,比如抑郁过敏什么的,但我没有说出来,更没有在意催他去诊治,直到以后发生了那件不可挽回的大事,我才生出了无限的后悔。

我当时根本没想别的,甚至有时还为巩厚是这种脾性感到高兴:他将永远被我拴在身边!

这之后,我开始努力博取婆婆的欢心。婆婆是实际上的一家之主,只要有她的支持和信任,我今后在这个家庭的日子就好过了。我和巩厚婚前,婆婆对我印象不错,但只靠这种印象不行,我必须让她觉着我是今后支撑这个家庭最可靠的人才可以!我看出了,像所有的婆婆一样,她内心深处也对我存有一种戒心,一种不信任,从不与我谈过多的话,总在我面前显示出一种婆婆的威严。为了打破这种局面,我想了不少法子,其中也包括对她加意照顾,但都无效,最后经过一番苦思,我生出一个主意:让她身子先生出一点不适,然后在照料时加深感情。她平日晚上进卫生间时,从不开灯,我摸准她的这个习惯后,便在一个晚上约摸她快进卫生间时,把一根细细的刷痰盂的刷子杆横放在卫生间门里,只要她脚踩上这圆圆的刷子杆,就有可能滑倒在地上,重伤不至于,但轻伤总会有的。果然,她又像往常那样摸黑走进卫生间,只听"哎哟"一声,她便倒了。一直守候在隔壁房间的我,闻声立即跑过去将她搀起来,扶她回到了卧房。结果和我预料的一样,她的一只脚脖扭了,臀部稍有点擦伤。我立即给她包扎、按摩,在此后的十来天里,我专门请了假守在家中,对她细心照料,换衣、擦澡、端屎端尿,一个女儿能做的一切我都做了。而且在给她按摩脚脖时,我有意使用快感式按摩法,每天给她按摩一次,渐渐使她对这种按摩法上了瘾,即使在脚脖好了之后,她仍然希望我天天给她按摩一次。她身子痊愈之后的一个晚上,拉了我的手很带感情地摩挲着说:小艾,你真是一个好孩子,比我那几个女儿的脾性、为人都强,我这一辈子有你这个儿媳妇算是有福气!过去我对你不了解,总是担心这担心那的,从今以后,我算是放心了。日后管家的事我就交给你了,每月家里你爸、我和厚儿的工资发了之后,都交给你,由你来安排,存多少,用多少,用在什么地方,都由你来定,妈妈我也该松松心,享享清福了。听了她这番话,我心里暗暗欢喜,但表面上却并不表现出来,只是装作怯怯地说:妈,我年纪小,不懂事,又没管过家,这样的事交给我,我怕管不好,惹你和爸爸生气。婆婆听了这话,越发高兴和放心,就鼓励我:没事,有我当后盾,他们父子俩谁要不满意了,让他们来找我!

自此之后,我就慢慢管起了家,开初是在婆婆的指导下,后来就由我当起了实际上的主人,添啥买啥全由我说了算。我注意观察公公婆婆的生活习惯,凡给他们添置东西,就一定要让他们满意。公公的心由于全操在军队上,其实非常好伺候,偶尔给他买双拖鞋、买套内衣,他就异常高兴。我在家中的地位日渐稳固起来,我可以随意支使保姆、公务员和司机,我可以出面接待来我们家访问的任何宾客,我可以代表这个家庭去出面应酬一些必要的交际活动。开初,在由军区领导和省市领导的子女们组成的小社会里,我出现时还会遇到一些冷眼,他们对我还有些看不起,他们知道我乡间姑娘的身份,但后来,随着我在家庭主人地位的确立,他们的目光也开始改变。假若有谁敢对我视以冷眼,那我在我家举行相应的邀请活动时,就一定要给他以冷待。日子一长,他们暗中感到了我的厉害,便也对我逢迎起来。加上这时我在梳妆打扮上的本领已经很强,我身上的那股少妇风韵并不比这个社会里的其他女人差,还有我对这个小社会的交往礼节、风俗的日趋熟悉,都使我慢慢在这个小社会里变得引人注目起来。

当我走完这一步之后,我开始想到了你!已经到了可以向你报复的时候!我知道所罗门说过:不报宿怨乃是人的光荣。但我不要这份光荣,我早已在心里发过誓,为了你当初对我做的那一切,我一定要让你痛苦!你不要皱眉头,这都已是过去的事了!

我第一次报复是在那次的星期日宴请上,不知你还记得不记得。那天小秦领着她的丈夫来我这里玩,我遂决定请客,把科里的女伴和她们的丈夫、未婚夫都拉来,我特意坐车去你的宿舍,含着笑热情地把你和你的未婚夫大张请了来。虽然你不想来,但你又不好拒绝。席上,我有意做了两道要用刀叉的西菜,但在分发西餐具刀叉时,我悄悄把那把刀柄断了四分之三的餐刀分给了你。那餐刀的把子虽断了四分之三,但却是暗伤,表面上不仔细看并不会看出来。我在分餐具时,预先暗中安排了顺序,使那把残刀刚好放到了你的面前。你当时并没看出来。十多位客人围着那张旋转餐桌坐下,有说有笑地用餐,当那道西菜牛排上来时,我说:请诸位用刀叉。我知道你没吃过西菜,我看见你模仿别人拿起了刀叉,你用力地拿刀去切那牛排,我预料的效果出现了,只听当啷一声,刀断了,而且就在刀断的同时,你手中的刀把戳向了盘子,盘子一滑,落了地,瓷盘在地面摔碎的脆响震动了整个餐厅,所有的人都吃惊地望向了你,你羞得不知所措,满面通红,你把断了的刀把仍怔怔地攥在手里。我走过去,附耳对你说了一句:不要紧,记着切时不要过于用力。我的话音虽低,却足可以使桌上的每个人听进耳里。人们开始把眼睛转向你拿刀把的手,不久,就有人轻轻地笑出了声,旋即,一阵哄笑爆发了,响亮而持久。我命人给你换了刀叉,但你的眼中,已分明有泪珠在转,你的未婚夫大张也有些不满地望着你,似乎感到你给他丢了脸。在那一刻,我心里感到了一阵由衷的高兴。我到底让你当了这么多人的面,出了大丑、丢了人!露出了你的"土"!让人们知道了你原来也是个"土包子"!

　　第二次报复你并不知道。那天,护士长告诉我,说上边给了咱院几个去西安第四军医大学进修的名额,科里打算,让金慧珍也去,她本人也愿去。自从我和巩厚结婚以后,护士长对工作中的一些事,就总要同我商量商量。我一听这个消息,当即就皱了眉头说:进修嘛,最好是找入伍晚的年轻护士去,学两年回来也不显老,金慧珍已经到了结婚的年龄,再去学习,怕不好吧!我这话一落地,护士长立刻就点头说:对,对,那就换个人,换个人!结果,古都西安你便没有去成,尽管你已做好了去的准备。事后,我觉到了一种能左右人的命运的欢喜。

我当时知道你为这事哭了一天,我心里在痛快之余仍在想:金慧珍,这还不是你应该哭的时候,你哭的时候还在后头!我要让你知道:你即使想欺负人也不能欺负和你年龄相当的人,因为三十年河东转河西!为了你当初的那些言行,你应该尝尝痛苦的滋味!我现在把这些都说给你,你总不会以为我是在炫耀吧?

金慧珍抬头看着对方,目光中全是惊愕,"原来是这样!"她自语似的说了一句。随后就又低了头,默默去建造那灰色的山体。

电流声依旧在响,微而低。

假山定定映在邹艾的眼里。

……地兵们终于把四周的大山砌起,把东山起名为桐柏,把西山和北山称作伏牛,把南山喊作武当,唐妮和女儿和南阳从此便住在这被四山围起来的地方,渐渐地,外人便称这里为南阳盆地……

"疼呀——"

呻吟声又起。

当我在家庭的主人地位完全稳定了之后,我就打算把我娘接来。我要实现我当初的诺言,我要让她享享福,度一个舒心的晚年。我把我的心愿在枕头边给巩厚一说,巩厚自然赞成。后给我公公婆婆一讲,他们也高兴地表示:早就应该让她来了。

我娘从未出过远门,平日去的最远的地方就是柳镇。见我信上催她来,她就找人写来信说:在家一切都好,不去了。我一连几封电报,才算把她催得动身。她到达鲁市时是一个上午,我坐巩厚爸爸的红旗轿车去车站接她。在我结婚之后,我曾不断地给她寄钱,特别是在我当家后,每月给她寄的钱便又增多,有时还直接给她寄去过买好的衣服,我没想到当我在车站出站口见到她时,她会依然穿着她那件洗得发了白的蓝大襟布衫,提一个旧花布包袱,完全是一个乡下穷老太太的打扮。周围的人看见我这个雍容华贵的少妇向她走过去喊娘,都有些意外地看。我当时也有些不自在,我觉出我的脸有些红了,而且心里涌上来一股气,在最初的几句问候过后,我就不高兴地问:娘,我给你寄那么多钱和衣服,你怎么不用不穿?娘那憔悴的脸上立时浮出一个笑,压低了声音说:艾儿,钱和衣服我都在给你保存着,我一个老婆子了,花那么多钱,穿那么好的衣服干啥？万一你以后穷了，也好有个底子，不会一下子没了饭吃和衣穿。我当时哭笑不得地抱怨：我到了这一地步，哪还会穷到没有饭吃和衣穿？当娘和我一起走向那辆红旗轿车时，四周的人都向娘投去诧异的目光。我意识到，我不能这样带娘去见巩厚家的人，我要先给娘把衣裳换换，我不能让巩厚家的人瞧不起。我于是告诉司机，先去市百货大楼，在那里，我重新给娘买了一身适合她那个年纪穿的新鞋、新袜、新裤、新褂，要她在试衣间里把旧衣换了，她先是执意不肯，说：这样新的衣服我穿不出去，经我再三坚持，她才换了，我把她换下的那些旧衣一卷，朝垃圾箱里丢去，娘心疼得叫我：艾儿，那得多少工分才能换来呀！娘在她的包袱里给巩厚家带来三样礼物：几斤新摘下来的绿豆，十几个腌好煮熟的鹅蛋和鸭蛋，一小塑料桶香油。我看了那些东西后，心里禁不住一酸，我知道这些东西都是娘用她的汗水换来的，是她可以拿出的最贵重的礼物。可我怕只拿这点东西会惹巩厚的父母笑话，就又用一个新提包，重新给巩厚父母买了些贵重的外地出的烟、酒、绣花制品和其他礼物。

  由于我做了这些准备，娘和巩厚父母见面时并没显出寒酸，巩厚对她也挺尊敬，这使我感到了高兴。从第二天开始，我抽空陪她去市内风景名胜地方游玩，娘对市里的一切都感到新奇，常常禁不住地叫：我的天！这样好的地方！那次我领娘去清湖公园逛完出来时，恰好看见你领着你妈也向门口走，我原不想理睬的，后来看你领着你妈去挤公共汽车没挤上，正站在那里沮丧，我顿时觉得这是我向你炫耀让你觉到一点痛苦的好机会,就让司机把轿车开过去停在了你的面前,我下车后亲热地邀你和你的妈妈上车,你先是不愿,后来不知是为你妈妈的身体着想还是把我的举动看成了好意,你们母女俩上了车。在车上,当你妈妈知道我们是同乡后,曾惊异地问:俺慧珍咋不能坐上这车?你妈妈的这句话一出口,我就注意到你脸红了,一直红到胸脯,你那天穿的上衣开领很低!而我心里快活至极。

娘在我这里住下,开始一直很高兴,后来有一天我下班回家,却忽然发现她脸露不安怔怔愣愣坐那里,我问为啥,娘先是不说,经我再三追问,才讲清。原来,这两天保姆一再抱怨她把抽水马桶搞脏了;还说她在室内应穿拖鞋,以免把楼梯踏得噔噔响;还告诉她不要高声说话,以免影响巩厚妈休息。我听了,顿时火冒三丈,虽然我已意识到应该让娘养成讲卫生和在室内穿拖鞋、轻声说话的习惯,并已打算告诉她,但现在保姆竟因此嫌弃我娘,却让我感到了一种尊严被辱的气恼。娘说完特意嘱咐我,不要怪人家保姆,我日后小心就是。我当时已在心里叫道:好你一个胆大的东西,你会为你的举动后悔的!这之前,我只是隐隐觉得保姆在侍候我娘时有几分不耐烦,未料她在内心里还有厌烦!当天,我并没发作,我知道这个保姆跟随巩家已近十年,同巩厚父母已经有了感情,贸然对她进行指责会引起巩厚父母不快,我决定暗暗整治她。我决心把她赶出巩家大门,我要让她知道,小看我娘必须付出代价!

从那天以后,我注意发现她办事时的纰漏,我想抓住纰漏后再生法治她,可未能如愿,她跟随巩厚爸妈多年,做家务已颇有经验,我很难抓住她的缺点。不过,只要想法治她,法子总还是有的。她每天早上要给巩厚妈炖半碗鸡蛋羹,巩厚的妈妈爱吃咸蛋羹,却又口轻,羹里只需放少许盐就行,我那天趁保姆调好蛋羹出去时,悄悄地又往那蛋羹里放了些盐,结果蛋羹炖出后巩厚妈妈只吃一口,就叫:好咸!我隔三岔五地这样干几次,就让巩厚妈对保姆生出了怨气,几次在背后抱怨她:她的脑子是不是不好使了?!巩厚的爸平日完全吃素,不仅猪肉不吃,连用猪油炒的菜也不吃,所以平日保姆总是为他单炒两个菜,有一次,我趁保姆炒完菜走出厨房时,走进厨房,把炒的荤菜的菜汤往巩厚爸的素菜盘里倒了些,结果,老人吃时就皱起了眉头。我照此法干了几次,虽然巩厚爸因为涵养好并不当面抱怨、发火,却也暗暗地对保姆生起了气。看看两个老人都已动了火,我便当着他们的面抱怨保姆,说她最近有些懒散,衣服洗得不干净,整理卫生间不仔细,不爱惜地毯,总把吸尘器搞坏,洗菜时洗得太马虎。我这样一抱怨,引发了他们的同感,他们就说:保姆年纪已大,可以考虑换换。我得了他们这话,便立即去联系找新的保姆,半个月之后,保姆找到了,是一个二十来岁的姑娘。我把那新保姆领到家让巩厚父母看后,就找老保姆去谈辞退她的事。老保姆对已经发生的事还一点不晓,也不知巩厚的爸妈对她的感情已经起了变化,当我告诉她要辞退她时,她先是愣了一刹,随即就哭了起来。我冷冷地告诉她:哭也无用,事情已经决定!她含了泪去向巩厚的妈妈恳求留下,她无儿无女,极愿在这里长干下去。巩厚妈对她毕竟有些感情,最后被她哭得心软了,就和我商量:是不是让老保姆继续干下去?我听后便软中带硬地说:妈,如今新保姆已经找来,再让人家走,她本人倒说不出什么,就怕外人知道了,说巩家媳妇说话不算话,日后我怕真不好再往人前站了!巩厚妈听后,说:那就依你原来的主意办吧!

老保姆直到此时才看出我在这件事上的重要作用,径直跟到我的卧室里恳求,求到最后竟然双膝朝我跪下,有一刹那,我的心也已经软了,我几乎就要张口说出:你留下吧。但转而一想她竟敢鄙视我的母亲,损害我的尊严,我的心就又立刻变硬。

为了她那双瞧不起乡下人的眼睛,她也应该尝尝痛苦!就在她临走前的一天晚上,我还决定再给她一次侮辱:我要她替我擦澡!我要通过这个行动让她知道:她只是一个女仆!她最初听见我叫她擦澡时,一愣,有些意外地看我,但见我眼一瞪,她不得不说"行",她还想讨好我。于是我在浴盆里泡一阵后,懒洋洋地坐在盆沿上不动,任她恭恭敬敬、小小心心地拿着肥皂和海绵给我擦肥皂、洗身子。那一刻我才体会到,一个人被别人侍奉着实舒服。三天后,我叫她走了。回她的乡下老家,从此也变成一个乡下人。她走时是一个晚上,我亲自坐车去车站送她,在她临上火车前,我给她兜里塞了二百块钱,她感激涕零地握了我的手叫:你真好!

我当时在心里笑。

当火车开动之后,我挥手与她告别,就在那一刻,我看了我正挥动着的那只变得嫩白的右手一眼,我忽然意识到,就是自己的手,改变了保姆的命运,要不然,她可能就在鲁市生活到死。我第一次发现,一个人的命运可以完全握在另一个人的手里。

那保姆走后,我娘又住了一段日子,就提出要回老家,说是住不惯,我劝了几次不行,只好送她走了。

这之后不久,我就怀孕了。我本不想马上要孩子的,我想单身一人利利索索地过两年舒心日子,把福享享,可因为巩厚是巩家唯一的儿子,巩厚妈不断地在我面前暗示:屋里太寂寞!我便决定中断预防措施。当然,促使我做出这个决定并不仅仅是因为巩厚妈的暗示,还因为我有一块心病:尽快让腹部的妊娠纹合法。自从那次该死的流产之后,在我的腹部就留下了不可磨去的纹络,虽然那妊娠纹十分细微,且随着我身体的丰满日渐变淡,但我仍然不敢大意,我随时担心巩厚和他妈妈或其他女人发现。我从不和别的生育过的女人同室洗浴,唯恐她们有经验的眼睛看出那种细纹,那次我所以敢叫老保姆替我擦身,是因为我知道她是个老处女,根本识不出那纹。我也从不同巩厚一起洗浴,唯恐他看出什么破绽,每当我们裸身亲热时,我总是把灯光调得很暗,我根本不给他过多的时间盯视我的腹部。有一次我正在卫生间洗浴时他闯进去嬉闹,骇得我慌忙跳进澡盆里。也正是因为想去掉这块心病,我才痛快地决定怀孕。

也巧,我中断预防措施一个月,就怀上了。

当巩厚和他的父母知道了我怀孕之后,我受到了最仔细、最周到的照顾。我每天的食谱,是巩厚妈亲自定的,一天喝多少牛奶、吃几个苹果;一周菠菜该吃几次,芹菜该吃几顿;一月该喝几回莲子羹、甲鱼汤、麦片粥,婆婆都仔细做了规定。我想吃什么,只要对胎儿有益,巩厚妈就会生尽办法给我弄到。那些天,我的嘴享尽了福。我每天的活动,也都得到了最好的照顾,早上起来,巩厚陪我散步;上午和下午上班,我都坐巩厚爸的车,直接把我送到医院门口;晚上洗澡时,巩厚亲自动手给我搓擦,这时我已经不怕他发现什么妊娠纹了,甚至连去卫生间,也由新来的保姆陪着。我怀孕五个月后,就由婆婆代为请了长假,整日在家休息。每当我舒服地倚在沙发上惬意地翻看画报时,我总要情不自禁地想起过去的一些事情。想起自己的第一次怀孕,想起那段痛苦而可怕的日子;想起老家的邻居莲子嫂,怀孕八个月还腆着肚子去摘棉花,吃碟酸白菜还挨丈夫一顿拳头。想到这些事情,我就又一次认为,自己这样生活是幸福的!幸福其实就是一种自我感觉,是一种与他人境况相比后得出的一种感觉!

在我怀孕的那段日子,我隐隐地存在着一种担心,我担心巩厚在这期间生出邪念。我看过书,我知道好多男子往往在这时候因为不能从妻子那里得到满足而去找另外的女人。一旦有女人进入巩厚的生活,我在家中的地位就会受到威胁。我那时特别怕他见到你,我知道你的相貌对他也有一定的吸引力。为了防止他的变心,我想出了三个办法:一个是常常叫疼,我总是说孩子不老实,踢得我受不了,吸引他对我的注意力,每当他把手放在我的腹上轻抚时,我就说疼痛好像减轻了,我要增强他对胎儿的关心,让他时刻记着他很快就要做父亲,让责任感压迫着他。另一个是公开鼓励他去找女人,常常在晚上,我很体贴地替他出主意:巩厚,你可以出去散散心,找个女的一块去看看电影、说说话,可以试试你对女人的征服力,要能得到一个,我也会为你获得满足感到高兴,你可不要把我想象成不开通的女人,咱们这里没妓院,要是有的话,我早叫你去了!怕什么？每当我这样一说,巩厚就要满脸红透地低叫:你瞎说什么？我知道,我越这样说,他越不会出去找女人。这种宽宏也会变成一种束缚,也是一种精神压力,这种宽宏会迫使他要用一种相等的忠诚来回报。再一个是一种万不得已的方法,我曾经想过,假若他真要想得到女人的话,与其让他在外边找别的漂亮女人,还不如让他在家找我雇的那个保姆,当初我选择保姆时,就有意选了个相貌很一般的姑娘,我相信他即使找了保姆,感情也不会真的转移。我曾暗暗地观察了几次,并有意让巩厚和保姆在一起待些时间,但我没发现巩厚有什么动情的表示。至此为止,我越加相信,巩厚对我的感情确实是深的,我不会因为怀孕而有失去他的危险。

那些难受的日子到底过去,在一个微有凉意的秋夜,我被送进了产房。那番痛苦你也受过,我就不说了,反正在孩子将生未生的那一刻,疼痛使得我暗暗在心里叫:这一辈子我只生这一次,再也不生了！我那时一心盼望生个男孩,我估计只要是男孩,这个家庭就可以让他继续当上军官,而只要有一个军官儿子,我在这个家庭的地位就永远不会动摇。在那最痛苦与最舒服的分界点上,我隐约听到产科大夫说了一句:是个千金。我当时心里不仅遗憾,还有些恨。让我受了这么多苦,却原来是个女儿——

"疼呀——"

金慧珍默默垂首,把又一块石头砌上山去。

邹艾呆望着那渐渐增高了的山脊。

……一年又一年在这寂无别人的盆地里住着,使唐妮和南阳觉出了无尽的苦闷,更重要的是,穿衣成了最大的难题,这时候他们又已添了一女两子,一家六口人光靠当初南阳和唐妮的那点旧衣服根本无法蔽体。南阳当初只会种地,并不懂衣服是怎么做成的,唐妮模糊知道用棉花纺线和蚕丝织帛,却也不了解具体的工序,无奈之中,唐妮就提出,由她悄悄翻山出盆地,向外边人学学织布做衣的法子……

我在产院住了七天。第八天回家后,巩厚笑着对我说:妈妈和爸爸的意思,是给闺女起名为茵茵。我听后当即点头说:行,依他们的!茵茵的爷爷、奶奶和爸爸,倒没有嫌弃她是女的,对她的到来十分欢喜,把她看成了宝贝,她满月之后,光玩具就给她买了五百多块钱的,还不算别人送的。她得到了最好的照料,她吃的东西好多是我过去连名字也没听说过的。我的奶水很好,我本来可以用母乳喂茵茵长大,但我最后还是决定把奶断了。我听人说,女人若常让自己的婴儿吃奶,乳房下垂的速度会增快,我要保持住我的美貌,何况茵茵不吃我的奶照样可以长得很好。

休完产假上班以后,医院里的人们看见,都笑着说我变得更加漂亮了。那天我碰到你时,我看到你的眼中也露出了一点惊异。当时我心里十分高兴,我曾经对镜反复打量过自己,我发觉自己的身体变得越发丰腴,皮肤变得白嫩细腻,我从巩厚对我的那个狂热劲中也可以感觉到这种变化。

我产后上班没多久的一天下午,副院长打电话让我去他办公室,我去后他微笑着说:透露给你一个消息,组织上最近可能要让你担一副更重的担子,做更重要的工作,你要做好精神准备。我当时心中一阵狂喜,表面上却不动声色地问:"我这个水平还能做什么重要工作?""是到政治处当主任,这事情你暂时要保密,我只是先给你透个信儿!"我于是就说了些客气话,说了几声谢谢!我知道他告诉我这个消息的目的,就是要我向他表达谢意。那晚下班时,我高兴得直想跳起来,连自行车都没法骑。啊,我终于也可以当一个副团职军官了!县团级!那晚上我破天荒地连喝了三杯葡萄酒,以至饭后晕得不行,连衣服都是巩厚替我脱的,他诧异地问我:你今天是怎么了?我当时只是笑。

茵茵的出世,使我在家庭中的地位显得更加重要;如今若再在职务上一变动,我在医院也会变得更加瞩目,做一个女人,难道还不应该满意?就在我处在高兴的巅峰上时,我却奇怪地开始发现了那个"黑影",也许那仅仅是一种唯恐失去幸福的心理在起作用。

第一次发现那个黑影是在半夜时分,那天晚上我做梦醒来,蒙蒙眬眬地睁开眼,想看看睡在身旁的茵茵是否蹬掉了被子,这时我突然发现,一个好高的黑影正慢慢向床边移来,我被骇呆,一动也不敢动,只见那黑影在床边站定,缓缓地抬手向我和茵茵伸来,那手掌好大,如簸箕一样,手指好粗好长,我的心脏猛地停跳,我恐惧地阖上眼睛,我以为马上就要被扼住喉咙,我张开嘴想喊,却没有声音出来,我感觉到仿佛有一股凉意从面上拂过,像是那只手在半空一挥,我随后放胆睁开眼睛,我要看看那黑影究竟要干什么,然而眼睁开时,那黑影却就没了,我这时急忙伸手拉开灯,喊醒了睡在另一张床上的巩厚。巩厚听我说有一个黑影刚才潜进屋来立时翻身下地,抓了塞在枕下的手枪,开门跑了出去,我也随后披衣跟上,我们把所有的房间搜了一遍,但什么也没发现,而且所有的门窗插销完好。许是你看花了眼睛!巩厚说。我疑疑惑惑地回屋躺下,细想着刚才的情景,也许真是眼看花了?

第二次发现"黑影"是在一个傍晚,我抱着茵茵在门前的花坛里玩,那时天刚黑,花坛边的路灯还没有开,茵茵咯咯笑着用手去碰那些白色的花朵,我则用鼻子去吮吸那淡淡的清香,正在那时,我突然觉着有一股凉风从颈后拂过,扭头一看,模糊中看见一个巨大的黑影站在我的身后不远处,正向我挥起一只大如磨盘的手,我浑身的血液突然凝住,脚挪不动嘴喊不出,只有茵茵还浑然无觉地咯咯笑着,我的身子开始哆嗦,我估计我站不了两分钟就会倒下去,恰好巩厚这时走来喊我们吃饭,我只觉得颈后的凉意一下子消失,扭头看时,黑影已经不见。巩厚从我手中接过茵茵时碰到我冷汗淋漓的胳膊,诧异地问:你怎么了?我摇摇头,说没什么,只在心里思忖:也许是我得了什么心理疾病？抑或是我的眼睛出了什么毛病，造成了幻视？

从这以后有一段日子，我的心里总微微有些不安。但随着时间的增长，我又慢慢把这事忘掉。我又开始迫切地关注着对我的任命公布。有一天，我去副院长那里打听消息，他说：快了。并同时告诉我，今年有一批干部要转业，问我觉得外二科哪个人走比较合适。我听后立刻想到了你！你还没有完全对我服气，你心里对我还有恨意，留你在这里终究对我不利，我必须让你永远离开部队！我说："金慧珍应该走！"他哦了一声，拿出铅笔就把你的名字记下。三天之后，我就听见你在科主任那里哭，你说你丈夫也在部队，现在转业回家乡就等于和丈夫分居，请组织上给予照顾。我听到你哭诉后笑了笑：哈哈，你也会流泪！我那时虽然还在科里工作，但要当政治处主任的消息早已传开，关于你的走留科主任当然要征求我的意见，我明确告诉科主任：金慧珍应该走，至于她和丈夫的分居问题，如果他们不想分居，她丈夫也可提出申请这批转业！于是三个月之后的那个夜里，你和大张就提箱拎包地去了火车站。在车站广场上，我看见你和大张都在用手绢擦眼泪，去送行的医院里的人则都在劝你们：想开点！我当时就在你们附近，不过你和大张和医院里的那些人都没有注意到我，我坐在巩厚爸的那辆轿车里，我穿着大衣、围着围巾、戴着墨镜，我让司机直把车开到离你们两三米的地方，我坐在车后座上，摇下玻璃，把窗帘拉开一道缝，我静静地看着你流眼泪，听着你抹鼻涕，我看到你把一个手绢弄湿又换了一个手绢，觉得心里非常痛快,我那阵才明白报复的本质其实就是让对方今天得到的痛苦与自己往日得到的痛苦拉平,我当时看了看自己的双手,又一次惊奇自己的一双手竟也可以这样轻易地决定一个人的命运!可以这样轻易地使你感觉痛苦!我真是既奇怪又欢喜!那晚回去,我又喝了——

"住嘴!"金慧珍猛扔掉手中的一颗石子,石子在水泥地板上清脆地叫了一声,而后缩进墙角里。

"慧珍,我只是想给你说说过去,没想到刺激了你。"

金慧珍喘一阵粗气!最后又无言地捏起一颗石子,俯下身去。

邹艾又移目那已很高的假山山体。

……唐妮走呀,走呀,一心想快点走出山去,到外边学会纺线织布做衣,冬天快到了,丈夫和孩子们身上的那点破衣烂衫根本顶不住严冬的寒气,得快去快回。可是奇怪,不论怎么疾走,那山却总还在前面横立,她哪里晓得,土地爷为防他们一家跑出盆地,早在四周山上施了法术:人进山退!你休想翻过山去……

"疼呀——"

又一声呻唤陡起。

我现在就要给你说到那个早晨。那个早晨和往常一样,甚至比以往那些早晨还要美好，因为那天已进入仲春，院子里的芍药、牡丹、月季花朵全都开了，我起床后一推窗，一股浓浓的香味就扑入鼻腔。早晨的风已无凉意，刚出的太阳晒到身上就觉得暖暖的。那天早晨起床后全家的情绪都挺好，反常的只有茵茵一人，那时候她已经三岁，平日她起床都很听话，由我或由保姆给她穿上衣裳，而后她便去洗手间自己动手洗脸。但那天早晨她却一反常态，坚决不让保姆不让我也不让她爸和她奶给穿衣服，哭叫着非让爷爷来给她穿衣不可。平日她和爷爷的感情很好。巩厚爸在外边是一个威严的让人敬畏的司令，在家却是一个随和善良爱和孙女逗着玩的老头。他爱干活不愿闲着，平日下班，只要饭没做好，他总要脱下军衣拎上一个锄头或铁锨，去后院的菜地里锄草，培土或忙活别的什么。他酷爱种那种长豆角，冬天也总要用塑料布搭个暖棚种几畦豆角，他说他小时候家里穷没粮食吃，常靠吃这种菜豆角活命，所以至今对它还有很深的感情。他在衣着上很少讲究，除了上班开会穿军装外，在家就是一条大裆的便裤和一件旧褂子，他说他从小穿大裆的裤子如今还觉着它十分舒服。他在饮食上挑剔也不多，除了婆婆执意要他吃的菜外，他自己爱吃的就是粉条，把粉条随便对点萝卜白菜炒炒他就吃得很香。他在家发脾气不多，尤其是对我和茵茵，茵茵有时可以把他指挥得团团转，一会儿要上街买玩具一会儿要去散步一会儿要听故事，老头都呵呵笑着一一答应。有次我下班回家看见茵茵正用小手捏住爷爷的耳朵把他从一个沙发提到另一个沙发上并让他承认自己是一只馋猫。当然有时候他发脾气也

141

很厉害,那次巩厚的三姐去军区俱乐部看电影没票,对阻拦她的警卫战士说我是巩副司令的女儿硬闯了进去,第二天老头知道后,专门把她叫回了家,女儿刚进门,他脱下脚上的皮鞋便朝女儿脸上砸去,幸亏她手捂得快,要不然说不定眼都会被砸瞎,接下来他又连抽她几个耳光边抽边吼:我要看看你的脸面究竟能肿多大!……

当爷爷的虽然平日很喜爱茵茵并总跟她一起玩闹,但却从来没给她穿过衣服,不知她今天早晨何以会想起要让爷爷穿衣,我当时很有些生气,我想强制着给她穿上衣服,我不愿让公公那个时候进到我们的卧室,因为那时的卧室里经过夜里巩厚的折腾,乱得不成样子,而且还有些不能让公公看到的东西乱扔在那里,所以我就照茵茵的屁股上拍打了两下,原想强迫她让我给穿上衣服,未料她双腿乱蹬、两手乱舞竟哭得脸都发青,最后没法,只得先草草收拾一下卧室,而后让她爷爷进来,怪得很,她爷爷一走近床边,她就忍住哭声,一边抽噎着一边坐起身让爷爷给穿衣服,当了一辈子兵的巩厚爸,大约从来没给孩子穿过衣服,动作很笨,尽管有我和巩厚妈在一旁指导,他也仍整整给她穿了十分钟,令人惊奇的是,仍在抽噎的茵茵竟耐心顺从地跟他做着配合,这在过去我给她穿衣服时都很少有。穿了衣,洗了脸,吃饭时,茵茵又非要坐到她爷爷的腿上吃不可,没法,穿着整齐军衣的巩厚爸,便把孙女抱在腿上,含了笑笨拙地喂她吃饭。饭后,当轿车开到门前,巩厚爸就要坐车去上班时,茵茵竟摇摇晃晃地跑上前,抱住爷爷的腿哭着不丢,她奶奶上前耐心地给她讲了半天道理也不行,最后是我上前硬把她抱了过来,她在我怀里一边挣扎一边哭叫:"爷爷、爷爷——"巩厚爸含着笑摇下车窗向孙女招手:"我中午下班就回来抱茵茵!"

接下来我自己也去上班,上午十点,突然有一辆轿车驶进医院,巩厚的一个同事跑步上楼喊我快坐车去军区总医院,我问何事,他说去了就明白。进了总院高干病房,一看见婆婆、巩厚和他的几个姐姐、姐夫和一群军官都神色紧张地站在走廊上,我就知道是公公病了。但我没想到事情会如此严重,几分钟以后医生就出来沉声宣布:巩副司令因心肌梗死抢救无效!我听到婆婆和几个姐姐立刻放声哭了,我也流下了悲痛的泪,这是真诚的伤心之泪,虽然我最初来时对这个家庭并没感情,但经过这一段的生活,我对这个正直的公公怀有了尊敬和热爱,他给我的关怀,使我体验到了从小没有接受过的父爱,他每次外出开会,带回来的礼物只要有他女儿们的,就必定有我一份,为了不让我在这个家里有自卑感,不论家里谁提到穷呀富的这些字眼他都要发火制止;我怀孕那段日子,他下班回来总要催着巩厚陪我出去散步看电影……

事后我才知道,公公是在上班时听说一个演习部队发生爆炸死人事故后,暴怒的给那个团长打电话时犯病的,当时他正发脾气斥责那团长:你这个混蛋为什么不组织好?战士们的父母把孩子送来部队是让他们无辜死的吗?你——话没说完就扑倒在了办公桌上。

阎王爷收走一个人的生命竟这样干脆?!我想起了早上茵茵的反常举动,心里后悔得发疼:倘是早晨就让茵茵缠住他

143

不上班多好！第三天，军区举行了十分隆重的遗体告别仪式，接下来是火化和开追悼会，在参加这些活动的过程中，我还没意识到公公的去世对我们这个家庭意味着什么，甚至在丧事处理完毕的一段时间里，我也只是觉着电话少了些，并无别的异样感觉，直到三个月后的那个早晨，当管理部门的人来通知：你们需要搬一下家，这是副司令级的住房待遇，你们已不宜享受时，我才明确地意识到：这个家庭的支柱倒了！

全家搬到了一套三室一厅的单元房内，这房子在别人大约已觉很满意，而对住惯了原来那种宽敞住房的婆婆和巩厚来说，实在是感到太窄狭了，就是我自己，也觉非常不习惯。婆婆因此而不满、抱怨，甚至无端地摔东西，发脾气、骂人，往常的那种高贵、文雅举止很少再见。

公公死后，我的政治处主任的任命迟迟没有公布，我曾去副院长那里打听了两次，但他待我的态度已远不如从前，再不似过去那样亲切，而是礼貌中带一点公事公办的味道，告诉我"要正确对待组织安排"，于是我就笑笑，我知道自己已不必等待。也罢，此生就做一个军医也行！

公公死后，巩厚的变化最大。他原本不爱说话不善交际，但因此时他成为家里的男主人，好多事他不得不出面办。记得他出面办的第一件事是去换煤气罐。过去，家里煤气罐里的气不待完全烧光，警卫班的战士们便把新罐送来，现在没人管了，保姆告诉他气已烧完之后，他便用自行车把气罐推到了管理处，管理处的人说要凭煤气卡换罐，他慌慌地回家找那个红皮的煤气卡，找了半天才在茵茵的玩具堆里找到，不想拿去后人家一看，说这种卡上个月已换成绿皮的了，已经作废，要先换卡再领气。他又急急地去换卡，可换卡的人那天又没上班。全家的人等他换来气做饭，他却面色阴沉地驮个空罐回来，把自行车一放，就上床睡了。最后饭是用临时生着的煤球炉做熟的。他出面办的第二件事是要车。那次茵茵发烧，要去医院看病，巩厚便摇了电话去车队要车，要在过去，电话放下，车就会开来，但这次我们在家足足等了一个小时，车还没来，巩厚于是抄起电话责问，对方冷冷地回答：这会儿没闲车，想等就等，不想等就罢！别用这种少爷口气说话！巩厚就冲出去到了车队，不知他同人家怎么说的，反正半小时后他嘴脸气得乌青地走回家，一声不吭地往沙发上一躺。车终究没有来到，最后是我抱着茵茵坐公共汽车去医院的。

这两桩事办过，巩厚说话就更少了，而且除了上班，也更少出门，得空便在家修理收音机和钟表呀什么的，家里的一个挂钟一个闹钟不知被他拆了多少回，他似乎想要自己的思绪沉浸在那些大小零件中而不去想别的。夜晚睡觉，他开始无缘无故地叹气，我看出他心情不好，便常劝他想开些，每当我劝他时，他便把头埋在我的怀里，不吭不动，只偶尔说上一句：唉，做人太没意思！

不久后的一个星期天，家里没面了，我拉上茵茵和巩厚一块去粮店买面，过去都是警卫战士们帮买的，我和巩厚这是第一次来买面，不知店里的规矩是开票后按票上的号数顺序称面，巩厚开了票拿上面袋就去称，惹得正站在一旁等待叫号的几个小伙子不高兴，其中一个知道巩厚的爸爸过去是司令，就叫:高干子弟要自觉!巩厚便红了脸问:谁不自觉?那人就又喊:你!凶什么?你爸爸可是死了!巩厚一听这话,冲上去就要同那人理论,不妨那几个人就一齐上前拉住他,我清楚地看到,那些人拉的是偏架,他们让巩厚重重挨了几拳才松手。那天回到家,他气得两顿没吃饭,晚上我细声劝慰他时,他竟像茵茵有时受了委屈那样,扑在我怀里呜呜哭了。那晚,我劝他那阵,心里对他生出了真正的疼惜,我当时暗想:他原来生活着的那个上流社会家庭既然没有培养他独立应付生活的能力,以后出头露面的事由我来办好了。

往年过春节时,军区首长的儿子们都要带上夫人在一起聚一聚喝一次。一年轮一家,上一年便定了下一年在谁家喝,我和巩厚就在家举办过一次这样的宴会。这年过春节按计划是在郑副司令的儿子家聚,大年初二中午,我拉上巩厚按照往年的规矩,带了礼物径去了郑家,谁知进去一看,人家的宴会早就热闹地开始了,而且根本就没有我俩的座位,正喝酒的那些人看见我和巩厚仿佛都很意外。我俩尴尬地被让到一个桌上,主人临时给我们摆了勺、筷,我看见巩厚脸色阴沉,急忙暗中踩了一下他的脚,他勉强将酒席应付到底。回家后就在卧室里踱起了步,边踱边冷笑着说:人间真他妈的丑恶!待到人间真让人恶心!我只有劝他:人间的丑恶事还多着哪,看开点就是。

巩厚这时渐渐开始失眠,晚上常需要吃两片安定才能睡下。他眼中的阴郁日渐增多,自打我认识他就注意到他眼中有丝高干子弟绝少有的阴郁,即使在他和我嬉闹最快活时,那丝阴郁也没有完全消失,如今这丝阴郁不断膨大,使我生出了一点担心,不过我仍没想别的,只是担心影响他的肝脏健康。慢慢地,他已完全不说话,一下班回家就到卧室里呆坐在沙发上,他不再和茵茵玩,厌烦和一切人接触,甚至连我催他换洗衣服他也不耐烦。他常常一个人两眼发直地隔窗看天,那副认真劲像要辨认出某一云朵是不是昨天就有的。其实,这已是他心理疾患严重的最明显的征兆了,倘若我懂一点心理学和精神病学,我就该采取措施了,可惜我半点也不懂,甚至有时对他的这种行为还生气:你一个大男人光坐在那里发呆,就不帮我干一点活?偶尔地因为什么活忙不过来,我还对他翻过白眼!我铸成了大错,我为这个永远恨着自己!

不久,机关里开始精简干部,巩厚所在的处里突然决定由他离开机关下部队任职,我吃了一惊,巩厚的妈妈有病,茵茵又小,巩厚再一走,我确实照应不过来,再说,巩厚的业务能力不错,为什么单单让他下去?我拉上巩厚便去找他们处长,希望他看到我们家有老有小能给予照顾,不料处长头一句话就说:咱们高干子弟应带头服从组织分配,不要因为自己有靠山就把苦差事都推给平民子弟!巩厚听罢霍地立起,一句不吭就走了出去。

巩厚准备启行的那两天,一反往常地变得十分勤快,独自抱了茵茵去商场,给茵茵买了很多吃食、玩具和衣服,而且破天荒地亲自为我买了两身高档毛料衣服,在家又是帮着洗衣又是洗菜端饭,我当时还高兴地叫:嗬!这样还像个爸爸和丈夫!我那阵根本没料到,他竟已想到了那一步。其实那天下午已有一个征兆——巩厚把家里的挂钟拆开后,却怎么也再装不好了,我看见他手抖得怎么也装不上那些零件,以为是零件坏了,就说:罢了,晚点再买个新的!

他定下第二天早上坐火车去部队,晚饭我给他包的是饺子,他吃了半碗就要睡。他这一下去不知几个月能回来,我原是想同他温存一番的,给他一点安慰,但怪得很,茵茵那晚总也不睡,平日她是九点就要睡的,但那晚她到十二点还睁着两眼,没法,我便疲惫地先睡着了。不知道什么时候,我被茵茵推醒,她说她要爸爸,我睁开迷蒙的睡眼,发现原来躺在我身边的巩厚这时已不在了,我看见客厅有灯,以为他去找什么东西,就轻喊了一声:巩厚——我的话音未落,客厅突然传来一声闷哑的枪响。在听到枪响的那一瞬间,我的心脏猛地停跳,一个可怕的预感升上心头,我撩开被子便向客厅奔去,推开客厅的门,我骇呆在那里:巩厚上身软软地趴在桌上,一只手握着手枪,左鬓上,巨大的弹洞正向外喷涌着鲜血,我记得我只喊了一声:来人哪——就仆倒了下去,余下的什么也不知了。

巩厚只给我留下了两行字:艾艾,这个世界没意思,我先走一步。茵茵托付给你了。

我对什么事都想过,就是从没想过我还会当寡妇!

啪嗒。一块石子从金慧珍手中掉下,她默默地望着邹艾,目光中全是惊异和意外。

邹艾双眸不动,直直盯着金慧珍手垒的山峰。

……土地爷端坐在地宫大殿,俯视着缩放在脚下的大地图形,直盯着在小盆地做无望行走的唐妮,余恨未消地叫:走吧,你这个不贞的女人,我看你能走到哪里去!你此生休想翻过我让垒的山峰……

我强支着身子办完了巩厚的丧事,丧事刚刚办完,我就躺倒了。婆婆那因公公去世而痛苦悲伤显得十分瘦弱的身子,被这新的意料之外的重重一击完全击垮,说话已显得颠三倒四,人已完全不能下床。她的大女儿见我已不能伺候婆婆,只好把她接走。

偌大的一套房子,就只剩下了我、茵茵和保姆。我第一次感到了害怕,每天晚上,只要一拉灯,我的眼前就又出现了巩厚那呼呼喷血的身子。我同他生活了这么些年,虽然太深的感情没有,但他早已成为我生活的一部分,现在陡然没有了他,那种空虚感真是太可怕!我要求换了一套两室一厅的房子,原是想避开那种种往事的回忆,可是办不到,只要眼一闭,以往的那些生活画面便又一幕一幕地映出来,我于是只好依靠安眠药来睡觉。

当随了时日的延长,我的情绪终于平稳之后,我才注意到,还有一个苦恼在等待我:缺钱!过去,虽然我一直在当家,但因总以为婆婆手中的那些存折早晚要交给我,所以并没有注意存钱。公公在世的那些日子,我已养成了大手花钱的习惯,这种习惯在公公去世后并没有改掉,以致每月巩厚和我的工资,都被我很大方地花掉。现在突然由我一人的工资来养活茵茵和保姆两人,如何能够?没有办法,我想到了婆婆,对,让婆婆给我一张存折!婆婆的那些存折我都看过,一共七张,共有五万多块钱,都一直装在她贴身的衣袋里,她曾经给我说过,待她一感到自己要离开人世时,就会把那些存折全交给我,也就因了她有这话,我才没有另生办法早把那些存折要过来。我略略有些后悔,但估计只要我去找到婆婆,她是会给我的,我的身边有她的孙女!我是在上班时间去到巩厚的大姐家的,我原以为这个时间去不会碰到那个大姐,谁知推开门一看她竟没上班也在家里。我说我来看看妈,她便把我领到了婆婆住的屋里。婆婆的容貌已经大变,早先的那副富态相已经彻底不见,瘦削得近乎可怕,头发转眼间竟都白了,且说话吐字已经含混,但神志仍十分清醒,看见我,眼泪竟先流下来,抓了我的手,吐字含混地问到茵茵,我告诉她茵茵今天去上学了,要不就一道来看你了。她点点头,就又有泪水淌出来。我心里当时也有些酸,婆婆平日对我不错,我从没想到她会落到这步境地。问候了一阵之后,我就趁大姐外出倒水的当儿,向婆婆讲了眼下生活的拮据景况,婆婆一听,一点也没犹豫,抖颤着抬起手,去内衣的口袋里掏出一个小皮夹,她从皮夹里掏出那七张我已见过的存折,从中挑了两张,我已瞥见一张是一万五,另一张是一万二,她把这两张卷好,吐字含混地说:"这两张你留下,抚养茵茵……"她说的当儿,大姐进来了,在看到她进屋的那一瞬,我曾产生过一个念头:赶紧从婆婆手里把那两张存折拿过来!但又觉唐突,担心婆婆不高兴,况且婆婆已说要交给自己,只是没有伸过手来罢了,犯不上采用那个办法！就在我犹豫的这一瞬间，大姐已呼一下蹿到床前，在我和婆婆还没明白是怎么回事时，那两张存折和那个装有另外五张存折的小皮夹已攥到了她的手里。

"好呀！存折！我伺候你这么多天，你都一直没告诉我存折在你身上！"她转向她妈妈吼，"现在一个外姓人来了，你竟要掏出来给她！你是心疼你女儿还是心疼儿媳妇！你偏心偏到这个地步了！不行！这是爸爸留下来的钱，我们当女儿的都有一份！……"

我望着被她攥得很紧的存折，心里被后悔咬啮着：真混呀，你为什么不早把那存折拿到手里?！有一刻，我曾想到了夺，但她比我高且比我壮，我不会是她的对手，何况那也太难看。就在那一刹，我想起了一句从书上看来的话：把人往坏里想几乎总是对的！

"你，邹艾！你在我们家享的福还少呀？现在还想享下去？"她转向了我，"告诉你，这钱是我们巩家的，你无权得！你想拿了这钱去再嫁别的男人？去勾引别的男人？去——"

啪！我猛地把手中的茶杯朝她砸去，她的头一偏，杯撞到墙，碎片旋转着落下，在地板上滑。

她被我这个举动惊住，屋里出现了瞬间的静寂。

"给……我……"婆婆抖颤着伸出手，含混地向她的大女儿叫。

"妈，这些存折我要先保管起来，然后把几个妹妹叫来，商量一下怎样分配，谁也无权私自决定！当然，我们要给你抚养茵茵的钱，"她又转脸向我，"只是我们要按月给你，你啥时再嫁,我们就啥时停止!"

"呸!"我猛地回头,向门口走,临出门时,我抑制不住地叫,"老子一分钱不要,留下给你送尸吧!"我真后悔,我后悔当初为什么不把那些存折早弄到手里,这会儿烧了多痛快!

"疼呀——"又一声痛楚的喊。

金慧珍默默起身,走到桌前,倒一杯茶,端来递到邹艾手里。

夜,正缓慢而悄然地向深处走,四周愈见静谧。

邹艾仍注目假山,山体挺拔陡峻,盆景已几近完成。

……唐妮始终没停脚步,她只是有些惊异这路怎么如此经走,她不断地在心里祷告:山啊,山啊,快让我翻过你,我家的大人孩子都等着穿衣呐……

"你喝点水吧。"金慧珍说,声音关切而温和。

我只得把保姆辞退,我没有多余的钱来支付保姆的工资。我开始一个人带着茵茵过日子,早上,我早早地起床,做饭让茵茵先吃,送她上学;然后自己回来胡乱地扒几口,接着就赶去上班。中午,得提前去学校里接她,我总担心她不会躲汽车。晚上,当茵茵做完作业睡下之后,我一个人坐在静极了的屋里,身上觉得累极,心里感到冷极,这种日子什么时候才能熬到头?

我那时对任何事情都失去了兴趣,上班之后,我机械地把工作分解成一个个无意义的动作;下班回家就把门窗关上,沉在一种浓重的与世隔绝的气氛里,只有听到茵茵的说笑声,才觉到一点点暖意。医院里那些人的态度,又使我的绝望进一步加剧。我这时候上班,再无人对我客气地点头、问好;再无人殷勤地对我说"你要有事的话,我可以替你值班";再无人主动地凑到面前问"邹医生,有没有什么新消息?"我有时因送茵茵上学晚到办公室一点,立刻就有人讪笑:看看,人家到底是副司令的儿媳!有一次一个护士对病人态度不好,我顺口批评了她一句,不料她立刻板脸回我:"少耍少奶奶威风,别以为我怕你!"那时副院长刚好从走廊上经过,我气极地上前要他给评理,他竟说了一句:大家都是同事,你以后不要再盛气凌人地对人训斥!我听后气呆在那里,那晚回家,安顿好茵茵睡下,我独自伏在被上哭了许久,这样的日子何日结束?在鲁市活下去的确太艰难,旧日的生活时时浮来眼前,熟人的讥讽挖苦不断传来耳畔,与巩厚几个姐姐家的来往又十分艰难,思来想去,我想到了走。恰在这时,医院又下来了一批干部转业的名额,副院长嬉笑着征求我的意见:你愿不愿走?我当即提出申请:愿走!申请被批准得异乎寻常的顺利,没有一个人再提出挽留,我于是很快办了转业手续,转业地点,按规定仍回原籍,我被通知分到故乡的柳林镇医院里。

经过十来天的准备,我决定启程。行前,我领着茵茵最后去看了一次婆婆。她的病情已经很重,说话变得非常困难,人也早瘦得走了形。她听完我要回老家的话,只能默默地垂泪。

我握着她那瘦骨嶙峋的手,对她生出了一股真诚的怜惜之情,我怎么也不能把今天的她和往日那个高贵矜持的司令夫人联在一起。我让茵茵跪下,按照我们老家的规矩,向她的奶奶连磕了三个头。

医院里的一些熟人说好要来送行;科里有人还专门去车队要了车,要送我们去车站;巩厚的几个姐姐、姐夫,也很恳切地说了要去车站送行。但我害怕那种场面,害怕人们的目光中再加其他成分,我在把行李托运之后,悄悄将行期提前了一天。那是一个下着毛毛细雨的晚上,我雇了一辆脚踏三轮,和茵茵提着两个提包坐了上去。茵茵虽小,但也知道这是在和她出生的鲁市告别,默默坐在一旁,一语不出。车夫年纪不大,却仿佛也理解我的心意,车蹬得很慢,我无言地看着我熟悉的一切。那是我和巩厚第一次看戏的剧院;那是我和巩厚举行婚礼的宾馆;那是我陪娘坐车游览的公园;那是我生下茵茵的产院……当车行至当初的那座旧居楼前,我让车夫停停,默望着那灯火辉煌的小楼,又想起了那楼内的一幕幕往事,直到一个警卫战士警惕地向三轮车走近,向我们示意快走时,我才算中断思绪。三轮车缓缓驶近车站,我心里明白,我的生活像人为地短期改变了河道的河流一样,再一次朝它本来的方向流去。

当列车在夜雨中哐啷一声启动,迷蒙的鲁市在车窗外慢慢退走时,我紧紧地搂住茵茵,含着泪说:孩子,看看,快看看,这是你出生的城市,只差一点,差一点点,你就不会在这里出生,不,不会的……

"疼呀——"又一声喊。

金慧珍默然看着邹艾,眸子间有泪光在闪,她的双唇轻轻启开,久久地抖颤。

邹艾平静地盯着那已完工的假山,假山的山顶尖峭伟岸。

……连续的奔走耗光了唐妮的最后一点力气,她一下子扑倒在地,她的身子在她要翻过山去的决心驱使下,轰然变成了一条河,唐河水喧腾着冲开山脚,向山外扑去……

三　步

　　屋檐的影子全部缩回,树上的蝉鸣变得悠长沉闷;街对面的杂货铺子门口,有几顶草帽在晃;一辆汽车从街上驰过,尘土旋转着向空中游去。

　　"妈,这下该认输了吧?"茵茵瞥一眼敞开的两扇门上那已经断了的封条,语气缓慢而尖刻,"你整天忙这做那,把人生看得那么像回事干啥?知道地球上至今已累计出生过多少人吗?数以万亿!那么多的人今天都哪去了?全化为了尘土!人生最后是乌有、是空旷、是虚无、是荒芜、是没意思!你把人生看得那么认真不觉着可笑?……"

　　邹艾的目光越过女儿的肩头,望定墙角桌上的那件工艺品——周家瓷窑上出的紫瓷盆,那盆不大,直径约有四寸;色紫,通身发亮,盆内立一男一女两个瓷人,做搀扶状,面部似含焦躁,五官酷似真人。

"妈妈,我真不理解,你当初为什么要操心费力地去开诊所、办医院,落得今天这个下场?"

孩子,人生对有些人是空的,对有些人不是!有些人死了除骨灰之外别无他物,有些人死后却能留下一个富裕的国家,一座有用的工厂,一摞启人心智的书籍,你能说这些人的人生也是空的?不,他们几十年的人生已经物化成一个实实在在的东西了,后人在看到、触到、用到、说到那个东西时,会记住它们的创造者的!妈妈只是想办成一所医院,想在这世上活得好些,想在死时留下一个世人都知道的东西!你不理解妈当初为什么要办诊所、办医院,这我知道,你那时还小,你不可能理解,理解一个人的心需要有和她差不多相似的经历。还记得我们从鲁市回到柳镇的那个傍晚吗?哦,她不会记得!那天傍晚,当公共汽车嘎吱一声在柳镇十字街口停下时,你心中原有的那种想要离开鲁市的愿望突然消失,你实在还想让汽车再把你拉回鲁市,因为你一看到这熟悉的街道,突然忆起上次和巩厚的回来省亲,想起那次的车响人笑,前呼后拥,你一下子觉得,街两边所有人的目光,都带了讥讽和嘲弄。与其让故乡人看你的失败,还不如就在外乡讨饭。但你不得不下车了,司机在催你,茵茵她也在问:妈,我们是到了?于是你只好拎上提包,一步一步地挪下汽车。没有人迎接,没有人搭话，你不知他们是不是认出了你。好在你知道已被分配去镇医院，去医院的路你认得，就拉着茵茵径直走。你走得很快，茵茵被拖得跟跟跄跄，当街边一只黑狗猛地向你们扑过来时，茵茵吓哭了。你用提包赶开狗，恶声喝止女儿的哭，更快地向前走。到了医院，老传达告诉你，院里领导已经下班，不过你们的住处已作了安排。你当时心里顿生一缕感激，但被领到住处一看，又不禁吸一口冷气，一间八九平米的平房，只能放一桌一床，且有几只黑鼠在床上先已睡了，见你们进去，才慢慢地起身，退到墙角。你说了一声谢谢，便开始解行李，睡下去。那一夜茵茵一直缩在你的怀中，可你还是觉得心口那里有一股冷气在旋，旋得你身子打战。旅途的劳顿，使你和茵茵都沉入了酣睡，当你们醒来时已是下午。你们草草吃点饼干，就动手收拾这间小屋。

那时你还根本没想到去开诊所、办医院，触发你动了这念头的，是三桩事。先是那个黄昏，你拉着茵茵走了几里路回到邹庄老家，你所以趁着天黑回家看娘，是因为你害怕让村里人看到你如今的狼狈模样。老屋的门开着，你站在门口，看见娘正背对门口坐在灶前拉风箱做饭，灶膛里的灯光映着娘，你发现娘的身子变得异常瘦小，头发已经全白，拿烧火棍的手背上青筋裸露。风箱呼嗒呼嗒，娘的身子也一颤一颤，你看着看着，心中一酸。你低低地喊了一声娘，走进屋去。娘先是一怔，扔了烧火棍，揉揉眼，这才认出你和茵茵，她猛地站起，颤巍巍地扑向你和茵茵，欢喜至极地叫：哦，回来了！回来了好！这下我们可在一起了！⋯⋯那一夜娘睡在中间，用她那瘦极了的胳膊,一只揽住你,一只揽住茵茵。你当时摸着娘那筋骨凸现的身子,突然在心里升起一股强烈的歉疚。你本来应该给娘带来一个幸福安宁的晚年,可如今你给娘带来了什么?就在那一刻,你心底原本躺着的那种甘心于现有境况的念头开始有些动摇!

接着是那个上午的刺激。那是一个云多天阴气压很低的上午,你正在上班,院长忽然进来告诉你,说秦副镇长要来看看你。你心里当时微微有些热:这么说,镇领导还在关心着我。你刚想站起去门口迎,门就又开了,门口出现一个身着中山装的男子,最初的那一刻,你没能认出对方,你微笑着带了感激地伸出手,对方也笑着伸过手来,就在两只手要握住的那一瞬间,如火星溅到了手上,你把手猛地缩回:你?!对,是我,秦一可,你到底还能认出我!对方哈哈笑着说。没想到是我来看你吧?坐,快坐!听说你又回到我们镇上医院,我真是非常高兴,这样我们就又可以经常见面了!院长,你去忙吧,我在这同小邹聊聊,我同她是老熟人了!当院长出去后,你看见秦一可大模大样地在你的诊桌旁坐了,微笑着说:怎么样?没想到我会当副镇长吧?你上次回来把我治得好苦,一下子就把我的主任撤了,不过人间的事难说,这不,我又当起了领导,而且分管文教卫生,以后我们会常打交道,你有什么困难只管给我说,我不会记仇的!你当时愣在那里,你根本没料到他还会当你的领导,一切仿佛又回到了过去,他仍然握有支配你的权力。一个圆圈,这么多年你又走回到了出发点。就在你愣着的当儿,他又嬉笑着说:到底是大城市的生活养人,你如今是变得越发漂亮了,比咱们镇上那些没结婚的姑娘都耐看,闻着都香喷喷的,看这俩奶子,比我当初喿时又大了一圈。说着,竟猛地伸手,在你胸上摸了一把。你当时后退一步,迅疾地从器械盘里抓起一把手术刀,呼一下朝秦一可的手上削去,噗!一股血伴着半个拇指指肚向地上飞去,与此同时只听到秦一可痛楚地叫了一声:啊!隔壁屋里的医生护士闻讯跑来,你这时满脸轻快地笑着向人们解释:秦镇长拿着手术刀玩,不小心割了手指。说毕,很快上前,麻利地把那半个掉了的指肚捡起、冲洗、缝合、包扎,模样十分亲切、关切、热情,于是来人们就都信以为真,就都打趣道:镇长,手术刀可不是让人玩的!秦一可只得强打精神,含了笑装着轻松说:嗨,我没想到手术刀这么厉害,像玩镰刀那样拿在手上玩,不料竟啃了我一块肉去!众人于是发一阵笑,在那笑声里,秦一可随了众人走出门去,临出门前,他又回头看了你一眼,你感觉出那目光里有一股火焰。

当秦一可那独特的鞋后跟先着地的脚步声响远之后,你还直直地站在那儿。最初的气愤慢慢平息,你开始明白,姓秦的所以敢再对你放肆,是因为他认为你可以欺负,你没有什么不得了的,你出去这么多年,并没有干成什么!碰碰你一个普通的寡妇没有什么了不起!姓秦的,咱们往后瞧吧!你当时又把上下牙紧紧咬起。

那天晚上,你拉着茵茵上街,街两旁的铺子都还亮着灯光,你平日绝少上街,更不要说是在晚上,你害怕碰见熟人,忆起往事,但那天茵茵的一块橡皮丢了,非吵着要买不可,你不得不拉着她去了街上。从文具店里出来,你忽然听到一阵幽幽的箫声,调子是那样熟悉,就是你当年唱的那首《坐花轿》,那箫声一下子勾起了你对童年生活的回忆,你差一点就要随那箫声唱起来:地上那个绿哟,天上那个蓝,十八岁的姑娘巧打扮。几乎不用猜,你立刻就知道,这箫是开怀哥吹的,别人吹不出这个味儿。你猜不出开怀何以也住在这镇上,按说他应该是在离镇子几里自己大队的那个卫生所里。你回来后曾想过要去看看他,可你又怕见面时无话说,所以你一直在推迟着见面的日子。你站在那儿听了一阵箫声,便想转身往家走,但不知不觉你却来到一个小小的铺子门前,你看见开怀正坐在一只小凳上,垂了首吹,他的脸沉在灯光的暗影里,看不见上边的表情,他的肩依旧是那样宽,只是显出些瘦削,他的身旁摆一张小木桌,一个男孩正坐在桌旁,手捧一本画书,就着铺子里流出的灯光在翻。你一看就知道,那孩子是开怀的儿子,他那方形的脸上带着开怀的痕迹。在铺子的门边,你看到挂着一个木牌,木牌上写着:陈家诊所。医师:陈开怀。透过半掩的铺门,你看见了中药药橱和西药药柜。铺子里没人,灯光黄黄的,只有幽幽的箫声在铺子前绕。开怀和他的儿子都没发现你和茵茵,开怀在垂首吹,孩子在凝神看,你和茵茵静静地站在那里。在那一刻,你忽然在心里想,假若当初我做了另一种选择,自己也许就是这诊所的女主人了,晚饭后,坐在诊所的灯光下安闲地缝衣,儿子女儿伏在桌旁静静地看书,开怀在门外悠闲地吹着竹箫,那生活会是什么味道?你刚刚想到这儿,铺子里间的门吱扭一下拉开,一个腰围白围裙的瘦小女人走了出来,她扶着门框,厉声喊:他爹,还吹？回来把那些茯苓切了！小远,你也该睡了,明儿还要上学！你知道这就是开怀哥的妻子,你刚要转身走,不想那瘦小女人看见了你,只听她高声问:你可是要看病？你只得张嘴答:不是。这当儿开怀已经站起身扭过头,你不得不开口喊了一句:开怀哥。是你？你看见开怀的身子晃了一下,不过他脸上很快就现出了欢喜:今天才听说你已经回来,我和风云说好明日去看你的,快,快进屋！风云,这就是我给你说的小艾,远儿,这是你艾姑,快叫！你听到小远大方地叫了一声"姑"后,心里一热,开怀没让孩子向你叫"姨",这说明他还把你当妹妹看,并没生你的气。进屋坐吧。风云淡淡地让道,你感觉出她的目光里有一丝敌意,但你不好推辞,便拉着茵茵走进了那间小小的诊所。进屋后你第一眼看到的,就是围了黑框的德昭伯的遗像,你没有再问别的,你只是看着老人那张满是皱纹的慈祥脸庞,在心里叫:伯伯,我回来晚了,没能给你送葬。你缓缓地弯腰鞠了一躬,开怀在一旁低低地说明:他是去年秋天走的,走时还在念叨你的名字。你不敢再问别的,担心再惹出一些叫你尴尬的话题。你转而问到诊所的营业情况,开怀告诉说:眼下四乡的人有病后一般都不太愿到镇医院去看,一来因为那里的态度不好,二来他们又实行经济承包,一点点病医生便要开出许多药来,为的是多赚钱,于是私人诊所的生意就很兴隆,一个月赚二百来块钱不难。你听后心里一动,当你拉着茵茵告辞出门时,你明白了你可以干什么,办诊所和医院的念头就在那刻形成……

"妈妈,从现在起你不要再整日皱着眉头过日子,要学会笑,要学会享受生活!"茵茵望着妈妈含了笑说,"看来我得给你讲讲怎样打发人生!你不要瞪眼,不要觉得这话难听,在这点上你要承认没有我懂!既然人降临人世属侥幸发生的偶然结果,而且到头来是可怕的死亡在等着,我们就应该抓紧享乐,只要肉体和精神痛快就行……"

邹艾的目光从女儿胸前那枚"中原大学"的校徽上移开,又停在了那个紫瓷盆上,那一男一女两个瓷人,仍面露焦躁地站在盆里。街树上的蝉们仿佛受了什么惊吓,鸣声骤停,又骤起。

……那日阎王巡视阳间,发现一个叫湍花的姑娘正在田里剜菜,近前一看,见那姑娘长得唇红齿白、胸凸腰柔、乌发似瀑,歹心顿时便生了出来,就朝判官使个眼色,判官刚在生死簿上把湍花的名字勾掉,阎王就扑过去将湍花抱了起来……

"妈妈,我记得你从一开始办诊所,眉头就差不多总是皱着,你如此打发日子不觉得有点滑稽?"

那时怎么能不皱眉头?开诊所就要买房子、买药品、买器械、买桌椅凳子,这都要钱,可上哪里去弄钱?我的转业费不过两千来元,加上你外婆拿出的她平日积蓄的那几百元,这够干什么?借?找谁?谁信得过你?而且借了钱后多久能归还连我自己心中也没底。茵茵她不会懂得我当时难到什么程度,不会的!后来,你想到了贷款。你去了银行,银行那个左眼有点斜视的女人,听了你的贷款申述之后,脸上立刻露出了惊讶神气,话语刻薄之极:别说我的领导和我的领导的领导都还没有批准,就是他们批准了我也不会给你!钱给你拿上,逃走了咋办?你又没个家,连男人都没有,我将来找谁去收回贷款?你听了这话气呆在那里,你真想抡起掌,再朝她的那只左眼来一下,让它再斜一点。但你抑制住了自己,你只是定定地朝她看了一分钟,你的目光一定非常怕人,因为你看到她的斜眼仁里掠过一缕惊慌,而且一个手指哆哆嗦嗦地想去按桌上的警铃。你慢慢嘘出一口气,转身猛地走了出去。回到家里,你已经准备放弃原来的那个计划。要不是那个后晌发生了那件事,你也许就永远真的把那个计划放弃了。

  那天后晌,你在家休息,茵茵已去上学,小屋里静极。你仰躺在床上,目无所视地捧着那本《药理》,就在那时,门忽然被吱呀一声推开,你扭脸一看,竟是秦一可嬉笑着走进屋来,你立刻戒备地翻身下床看着他,一句话没说。"来医院检查工作,经过你门口,顺便来告诉你,我手指上的伤已经好了。"他笑着说,一双目光又在你身上摸着,"你怎么这样看我?不欢迎我么?"你依旧没开口,只移开眼睛,看窗外。"你这小屋是太狭窄了,我晚点给院长他们说说,让他们给你调整一下。"你冷冷地说了一句:"谢谢你的好意,我愿意住这小屋!""哦,看来,你还在生我的气。"你感觉到他向你走近了一步。"我可没有生你的气,今天来,主要是想告诉你一个消息,你们医院要成立一个巡诊小组,到四乡的村子里巡诊,时间大约要三个月,自带行李,住老乡家里,你们院长的意见,是想让你参加。""我?"你被这个消息惊住,"我的孩子在上学,就我们娘俩过日子,我下乡后孩子怎么办?""就是嘛!我也在说,人家一个女同志带个孩子,够难了,干吗还要这样安排?我待会找到院长,就要训训他,让他另换别人,你说可以吗?"他边说边直看着你的眼,眸子间荡一缕讨好的笑意。"滚出去!老子用不着你管!"你狂怒地吼道。"嗨呀,小艾,你怎么发这样大的火?我今天来确实是想帮帮你。说真的,当年我对你做了那件事后一直后悔,我一想起就要捶自己的头,我在你的心上留下了伤口。我如今也有了女儿,我想若有人对我女儿那样,我也会对他恨之入骨。我现在不想说别的,我只想用帮助你的行动来求得你的宽恕。你也看见了,我现在手中有些权,我可以为你做些事,譬如这下乡巡诊,我完全可以——""我用不着你管,滚!"你又吼。"那他们一定要你下乡巡诊怎么办?"他依旧没生气。"想得倒如意,老子不去!不去!!""不去怕不行,医院有纪律!"你看出他的眼里闪过一丝做作的忧虑。"我不在这个医院干了,怎么着?"你几乎是喊了。"去哪里?调走?"他仍然心平气和,"你是不知地方上的事,调动工作可不是容易的!""老子辞职,不干了!"这句话蓦然蹦出你的口,话出口后你看到秦一可一愣。"你这话可不要乱说,"他还是一副关切的语气,"我到底比你大些岁数,在政界也混了些年,我想让你听我一次劝,在医院里工作,富可能富不起,但穷却也穷不到哪里去,一旦辞职,若遇上政治动荡和灾荒年景,你怎么办?""我不用你管!老子就是要辞职!辞职!!"你不愿考虑后果,你不想听他啰嗦,你不能在他面前示弱,你只是一连声地吼。

你当着秦一可的面说出辞职,就不想也不能收回了。当你办完辞职手续,从院长办公室走出来时,你知道,你只有向前干了,你已经没有退路,你现在变成了一个无业者,你不干连你和你女儿的生活都不能保证。你开始仔细地考虑那个计划的实行,你打算第一步先办一个小小的诊所。你有两千来块钱,你想先租一间临街的房屋,再买点药品器械,就靠这两千块钱起家。但你在四条街上挨户问了一遍,才只找到一间朝街的空屋,并且主家愿卖而不愿出租,卖价是一千八百块。没有房屋一切计划都是空的,可是买了这屋,就无钱再置办药品、器械和必需的用品。你在那家的主人面前犹豫了许久,最后咬了咬牙说:"好,我买!"房屋买下的第二天,你开始收拾那间屋子,你买了石灰和白漆、白纸,你刷了墙壁、糊了天棚、漆了门框,你把那间屋子变成了一个洁净的白色世界。你买了一床一桌一凳,床靠里墙,那是你和女儿坐和睡的地方,靠床帮拉起一道白布帘,将床和外边的空间隔开,那一桌一凳放到门口,是你将来的诊疗桌。当你把这一切都办完之后,你发现你的钱包里只剩下了七块八毛钱。你在把简单的行李从镇医院搬到那间屋的当晚,便决定出去借钱,你想了一遍你在柳镇的熟人,最后你估计,可以借给你钱的只有开怀一家。

晚饭后,你嘱茵茵在家看书,自己一人向开怀的诊所走去。快走到诊所时你又有些犹豫,你记起了那天晚上看到的开怀妻子的那双眼睛,你感觉出那双眼里藏有敌意,她愿不愿借给我钱?但你到底没让自己的步子停住,你知道你再借不到钱你就完了。还好,当你踏进诊所时,只有开怀一人在那里,你稍稍松了口气。"快坐。"开怀看见你来,沉郁的脸上浮出了一点笑容。最初的寒暄问候过后,你立刻说明了来意,你担心他的妻子出现,你想抓紧这个机会,你的心情太紧张、愿望太急迫,以致说话太快,竟没能让开怀听清那至关重要的四个字:"我想借钱!""你想干什么?"他侧了耳问,你觉得你的脸唰一下红了,你又重复了一遍:"我想借钱。"你感觉到那四个字的重量,它们在滚出喉咙时带给你一阵尖厉的刺痛。"要多少?"这次开怀听明白了,他没有惊奇和诧异,只是紧接着问。"一千。"你说,你知道起码需要这个数目。"我去看看还有没有这么多,前天我进了一批药,不过即使不够也差不了许多。你等——""看什么?!"开怀的话突然被你身后的一个声音打断,你扭脸一看,原来是开怀的妻子风云,你的心一咯噔。"小艾,你可是不知道,俺们这小本生意,哪能积得了多少钱?不过是买买卖卖,勉勉强强维持着不倒台就是了,"风云冷眼朝你吐出一长串话来,"你要找俺们借钱呐,可是找错了地方,要真想借呀,找东街的牛经纪,人家那钱可是随便借的!"你看见开怀双眼气恼地瞪着风云,你知道自己若再在这里站下去,开怀就会同风云吵起来。不能因为借钱伤了人家夫妻的和睦,你立刻接口,说:"风云嫂,我是随便问问,哪能真向你们借钱?你们小本生意,我也知道赚不了多少钱的。"说罢,就急忙转身出门。

你回到家,见茵茵已经趴在桌上睡了,你把她抱在床上安顿好,就又出了门。必须借到钱!你在心里叫。你想起刚才风云说到的那个牛经纪,从他那里真可以借到钱吗?你走到邻居家里想问个清楚,邻居大嫂一听说你要去找牛经纪借钱,急忙摇手:"使不得,使不得,牛经纪是专门放账的,他手上钱倒是有,就是利息太厉害,你借了他一百块钱,一个月光利息就得给他七块。"你听后一惊:真还有放账的?你从邻居家出来,在空旷的街上踱步,急剧地盘算着要不要去找牛经纪借:如果借一千块钱的话,一月利息就得给他七十,一年下来就是八百四,利息太重。可生意万一兴隆,兴许也还可以。如果不借,你和茵茵就只有饿肚子!思来想去,最后你咬了牙一跺脚,向东街走去。那晚天上无星无月,只有一两盏昏黄的路灯照着暗黑的街,你边走边问,最后找到了牛经纪的家。那是两间低矮的瓦屋。你忐忑不安地敲了敲门,你听到一声嗄哑的招呼:进来!你犹犹豫豫地推开门,一股酒气迎面扑来,昏暗的灯光下,你看到一个面色干黄的男人盘腿坐在床上,正手握一个酒壶,用浑浊的双眼看你。屋里什物狼藉,蛛网在屋梁上晃动,老鼠在墙角里叽咕,几只旧鞋胡乱扔在地上,屋顶发黑,四壁发黄,酒味里夹着另外一股异味在屋中飘荡,全屋并无一件值钱的东西。这人会有钱?你以为你走错了屋子,正准备扭头退出去,不想对方先开了口:"是来借钱的吧?"你有些惊异,你并没说明来意。"不借钱是不会来我这屋里的。"你于是断定,这就是牛经纪。嗞——你听到一声吮酒的声音,你看到牛经纪的喉头在慢慢滑动。"明说,借我的钱利息可高!"

"知道。"你说。"一块钱一月七分！""知道。"你又答。"借多少？""一千。""借用多长日子？""一年。"你迟疑了一下。"按我的规矩，"他又嗞一下吮了一口酒，"一千块借出一年，要分两次还清，半年时还一次，本息九百二，年底把剩下的九百二全还清。""行。"你又点头。"还要说清，万一还不上，要有东西抵账，你能用什么抵？"你愣了一阵，答："我住的那间房。""我知道你买的那间房子，行，那房子值！好了，那你就发誓，发了誓我就给你钱！""发什么誓？"你呆住。"你要对天发誓：第一条，不向政府报告！明说，这放账的事儿政府不让搞，咱们是周瑜打黄盖，一个愿打一个愿挨。第二条，不赖账！咱这不像到银行里借钱，签字画押，咱们是全凭一句话。""怎么发？"你问。"你举起手，脸向天，说：'不报告，不赖账，食了言，刀下完！'"他望着你说。你慢慢地举起手，缓缓地仰起脸，一字一句地重复完那十二个字："不报告，不赖账，食了言，刀下完！""好！"他叫了一声，就扭身揭了炕席，从席下摸出一个黑色的布包，慢慢地展开，于是七八叠钱就慢慢地露出，他摸出两叠，说："一叠五百，你数数！"你伸手接过，一张一张地数，手指有些抖。数完，整整一千。你抬头说了一声：谢谢！就在那一刻，你惊骇得瞪大眼，你看见他正从炕席下抽出一把雪亮的刀来。"你、你?！"你吓得倒退了两步。"别怕！"他那干黄的脸上浮出一个笑来，"我只是想让你看看，我有刀！好，你可以走了！"你听罢，猛地转身，逃也似的出了门。

你那晚跑回屋里，又仔细地把钱数了一遍，数完之后，紧紧把它们攥在手里,你喃喃地在心里叫:全靠你们了!

　　钱借到后,你知道你必须以最快的速度有效地把这些钱使用出去,因为它们每天都要生出利息。眼下最急迫地是买药品和做小手术必需的器械。于是第二天早晨,你把茵茵一个人留在家里,预先给开饭铺的邻居三叔留了一块钱,让茵茵放学后径直去饭铺里吃饭,然后就乘车去了县城。到了医药批发公司,你原以为只要掏出钱和私人诊所营业证,按你预先在家里定好的品种、数量买出就行,却不料在药械仓库那个四十来岁姓姜的保管员那里遇到了麻烦,他一看你在开票员那里开好的药单,先打量了你一眼,还特意看了一下你手中的提包,你当时并没意识到什么,只是急于想去仓库里装药,轻声催:"同志,麻烦你快一点,我还要赶回去,孩子还在家里。""对不起,除了维C、青霉素和阿司匹林外,其他的药都暂时缺货,请你改日来!"你听到保管员撇了长腔说。你吃了一惊,这才认真地去看保管员的面孔,你看见他慢慢地揿亮打火机,去点嘴角上的烟。不可能!一个县的医药公司仓库,不可能连常用药品都没有。"求求你,姜师傅,"你的声音带了哀求,"俺从柳镇这么远来,来回得一天,请你帮帮忙,再去库里看看。""你从柳镇来?"保管员悠悠吐出一口烟,"你们柳镇周家窑烧的瓷器不是很好嘛!"你听到这句话最后边的那个"嘛"字,一下子明白了。于是你笑笑,说:我先去街上办个急事,待会儿再来找你。你说罢急急忙忙向街上走,径直去到瓷器店,还好,店里摆有周家窑烧出的瓷器,你狠了狠心,买了一套餐具、一套茶具和一套酒具,共五十一块钱,你的心疼得滴血,这五十一块钱一年后就会变成一百,我把一百块钱白白地扔了!你提上这三套瓷器又回到了药械仓库,你满脸含笑地对他说:"姜师傅,我刚才去街上,刚好碰见我们柳镇周家窑的人来卖瓷器,我就朝他们要来了这三套东西,你拿回去用用试试,也算我的一点心意。""哎哟,这可不敢当,不敢当。"姓姜的眉开眼笑地接过那三套瓷器,这才又嗓音柔和地说:"你走这阵儿,我又去隔壁的库房里看了看,还好,你要买的这些药品都有,你等一下,我这就进去给你拿。"你装作受恩之后的感戴样子,忙说:"谢谢,谢谢!"你尾随在他身后进了库房,他见你跟进库房,脸上略略露出一点尴尬,但你故意不去看那些药箱,你知道不能戳穿他的假话,你当时在心里琢磨,从此以后你要常与这个人打交道,如果每次都要送礼,这笔支出也非常可怕。你必须生出一个办法!就在你这样琢磨的时候,你的目光瞥见了一个纸箱,那纸箱上的字迹标明,箱里装的是土霉素,但箱角上却已用铅笔写了一行字:"假劣药品,销毁。"你的目光定定地停在那行字上,几分钟之后,你觉得你找到了那个办法,你在心里长舒了一口气。当姓姜的把你要买的药一一拿出摆好之后,你指着那箱土霉素顺口说道:"我想再买点土霉素药片,你能不能把那一箱土霉素再卖给我?""那个——"你看见他的眼珠晃了一下,里边漫过一丝犹豫,但那丝犹豫慢慢又结成了一种暗喜,"那箱药嘛,你买当然可以,只是你没开票,我怎么卖给你?""那还不好办?我先把钱交给你,你待一会儿去代我开个票不就得了?这点忙你总还是会帮的!""那是,那是。"他点着头,眼中的暗喜完全代替了犹豫。"土霉素一箱是七十块吧？给！"你把钱递到了他手里，然后快步上前，把那箱土霉素抱在了怀中，故意把写有假劣药品那行字的一边压在怀里。当姓姜的点完那七十块之后，你又笑着说："姜师傅，麻烦你，给我写个简单的收到条，我回去好向孩子他爸说明白。"他点点头，仿佛是又犹豫了一刹，但最后他还是用铅笔写了一个很小的字条："今收到邹艾买土霉素药款七十元"，签了他的名。你拿了这个字条之后，就急忙出了库房门，喊来了一辆三轮，装上药品，向汽车站走。当汽车开动时，你边笑边在心里叫：从今以后买药再不会犯难了！

三天之后，你又拿着那箱药和那个字条，回到了药材公司的库房，找到了那个姓姜的，当买药的其他人都走了之后，你走上前声音冷厉地叫："好你个姓姜的！你真是胆大包天，竟敢把要销毁的假劣药品卖给我，让我回去给病人吃，结果差点使两个病人死亡！走，咱们到法院去！"那姓姜的一听，脸顿时有些白，先还想强辩："这药不是我卖的！"但一见你在手中扬了扬那个收款条，就立时改了口，哀求道："嗨呀我的好大姐，饶我这一次吧，我也是鬼迷了心窍才干这样的事。""你知道这样干的后果吗？"你继续吓唬他，"我只要把这箱药和这张字条往法院里一交，你至少得判十年刑，更别说保住你的饭碗啦！你可真是胆大包天！国家三令五申不准卖假劣药品！而你身为国家工作人员，竟公然违犯，把要销毁的药卖给别人！你懂不懂法律？""大姐饶了我，大姐饶了我，只要你饶了我这一次，以后你叫我干啥都可以！千万不能捅到法院去，求你了!"他几乎要掉出泪。"那好,既然你这样说了,我就饶你一次。只是我上次买这假药的七十元和这次抢救吃假药病人的五十一元钱怎么办?""赔,我赔!"他说着,立刻就去口袋里掏,你把那一百二十一元钱装进口袋之后,在心里叫:那三套瓷器算是你买了!"你把那药箱和字条还给我吧!"他见你转身要走,急忙又求。"这个嘛,我要留下做个纪念!"你说完,笑笑,拔脚就走。就是自这以后,你每次去买药,再也没有遇到什么困难,开怀诊所里买不到的药品,你都可以买足……

"妈妈,你现在手上不是已经有了些钱嘛,你可不要再拿这钱去办这事业办那实业地穷折腾,想吃什么就吃点,想穿什么就穿点,舒舒服服打发日子!告诉你,我毕业前这最后一学期不再用你的钱了,我们系那个教计算机软件的年轻美国佬金斯,不断地向我献殷勤,我当然不会轻易让他占什么便宜,但他给的钱凭什么不用,有福就要立刻享!有乐就该马上要!"

邹艾慢腾腾地看了一眼女儿,渐渐又把目光移到了那个紫瓷盆上,那一男一女两个瓷人仍默默伫立。

……从此,湍花便成了阴府后宫里无数妃子中的一个,除了阎王来淫乐时她强装笑脸相迎外,其余时间便在哽咽低泣中度过,那日她又哭时,让一个在迷魂汤锅前值班的年轻迷仆南阳听到。南阳心软,听这哭声悲切,禁不住就过来相劝……

"妈妈,你晓得人生的最终目的是什么？就是在变成腐尸之前尽可能多的享受快乐！可你想想,你当初在开诊所办医院的过程中享受到了什么？"

享受到了什么？艰难、困苦、伤心、气恨！但也不全是这些,每当我克服艰难向前走了一步,心中就也胀满了欢喜和快乐！实现目标的过程其实也包含着享受！这一点茵茵她不可能懂！你把药品买回,把新买的药柜摆好,把写有四个大字:"康宁诊所"的招牌挂出,开业还不到一周,副镇长秦一可就来到了你的诊所。"嗬,小邹,开起诊所来了？"他微笑着开口。你没应,只站在门口冷眼看他。"我说你当初怎么会那样坚决地辞了职,原来要走这条路。"他缓缓在门前踱着步,"怎么样？有什么困难没？药品、药柜齐了吗？要不要我帮忙？""谢谢！"你从牙缝里挤出两个字。"别客气,我说过我要为你做点事,有难处尽管告诉我！"他当然听出了你话中的冷淡,但他偏要故意同你拉近乎,你气极地低声叫:"走开！用不着你来管！"他笑了,笑得似乎很忧郁,片刻之后他拂走了脸上的笑,用挺真诚的声音说:"邹艾,我希望你接受我用行动做出的忏悔,我确实悔恨自己当初的举动,那是最野蛮的男人所做出的最野蛮的行为,你可以冷眼看我,甚至骂我、唾我、把我的手指切破,但请你不要拒绝我为你做事。你可能还不知道,镇上所有关于文教卫生方面的事都归我管,扶持私人诊所当然也在我的权限之内。我可以用我手中的这点权给你很多帮助。在中国,一个人要想办点事,完全没有人支持是不行的,你去问问那些如今已经成功了的个体工商户,哪一个背后没有人支持,或直接或间接,要不然他们就休想干成！因为在中国,市场经济规律不可能像在西方那样完全自由发挥作用,政府干预是要经常进行的。譬如眼下,别看你买了房、买了药、买了柜,挂出了'康宁诊所'的牌子,却还要经过我带人所进行的一次医术鉴定,只要我带人来考核一次你的医术,认为你不够格,我就可以立刻把诊所封了,收回当初你领到的开业执照,懂了么？"

"我当过军医,我有职称证明！"你强硬地叫。"不要把声音放高。"他依旧面露忧郁,"在柳镇上开业的医生,不管他过去干过什么,不管他自己宣称他的医术如何,我们都可以让他考核不合格,只要说他现在的医术不行,他就无权开业。因为有些人,虽然过去看病可以,但因为后来脑子坏了,医术退步,就不能让他再行医了！我们要对柳镇人的身体健康负责！你不要担心,只要你经过我带来的医生考核鉴定,说你医术可以,你就安心地在这里开你的诊所。"他说罢,意味深长地笑笑,转身走了。

你怒极地望着他的背影,你完全明白他话中的含意。不用猜,你就可以知道,只要他带人来对你的医术考核鉴定,那将是怎样的结果。你明白一旦他宣布你不合格不准开业,即使不没收执照也完了,没人会再来找你看病的。那你和茵茵还靠什么生活？你当然想过告他,但官司得打到什么时候,你现在可不是当妇女队长时的邹艾了。你知道政治是怎么回事。就算拖几个月你也受不了啊,那高利贷你怎么还？想到这些,你知道面前的这个东西你还不敢惹。至少你要稳住他。你知道他还不会马上宣布你不行,他在靠那个等你就范。你又急又恨。可一时却想不出法子。但你明白得让他存点希望。因此他第二天又来时你对他态度就客气多了。你甚至还听他向你诉说他婚姻如何不幸,让他的目光猫一样在你大腿、胸脯上舔。甚至在他那天晚上又来你诊所时你竟有点动摇。那天碰巧茵茵不在,他以为自己成功了。当他的手搂住你的腰一只手又沿着爬到了你的胸上时,你竟没挣脱。你差点就准备屈服了,那毕竟是一只男人的手。可你一下子想起好多年前大队部的那个夜晚。你在心里骂一声自己。要是这样你干吗还要回这里来,你能这样干吗?当时不夺回婆婆给你的存折?不,你不该是以前的邹艾,你在副司令家当了几年家,见过那么多世面。又不是没有心计和不会使手腕,你应该能想出法子摆脱他!这样你的手就轻轻拦住了他,可他紧抱着你往床边拖,你只得假笑着求他。你说你正来红的,你叫他过两天再来。你的心里恨不得就用手术刀宰了他。可你还是把他哄走了。秦一可也是害怕惹急了你翻脸,只得咽着口水十分不甘地迈出门槛。你知道这事没完,秦一可还会不断来纠缠,而且,现在这样拖总不是办法。你得尽快想一个计谋把鉴定书拿到手而又能摆脱掉秦一可。正在你苦苦思索却仍一筹莫展时,一个机会来了。那天你去买菜刚好碰到黄镇长的夫人,你听见她正和别人说她这些天身体不舒服、饭量小。在镇医院时你曾给她看过病,一个绝妙的主意立时在你脑子里浮现出来。你急忙趋前,十分热情地同镇长夫人搭话:"你也来买菜呐?""是呀。"当镇长夫人扭头答话时,你故意让自己的眼神中闪过一丝惊诧。"咋了,你?"镇长夫人果然注意到了你眼中的惊诧,立刻问。你装作有些犹豫、吞吐地:"没……没什么。""究竟是怎么回事?你看出我身上有什么毛病吗?""我发现你面色有些不大好,担心你腹中有病!"你以低而关切的声音说。"真的?"她立刻吃惊地退一步,"天哪,我说我这两天怎么饭量总是不大。""不要紧,我可以给你看看,保你好!"你肯定地说。"什么时候看?"她迫不及待地问。"当然越早越好,你今晚要是有时间,就可以去我的诊所里。"你含了笑讲。"那好!我晚饭后八点钟去找你。"镇长夫人恳切地说。

你早早地和茵茵吃了晚饭,然后把茵茵送到邻居家,说晚上你有病人看病,让孩子在这里玩,待一会儿再来接她。安顿了茵茵之后,你戴上口罩去到秦一可的住处,意味深长地含了笑小声告诉他:八点四十来,不要迟也不要早。他当然明白你的意思,满口答应。然后你回到诊所,静静地等着黄镇长夫人到。你的心情很有些紧张,你不知道这个办法能不能奏效。你仔细地想了计划的每一个细节,你甚至没忘了给门臼里倒了点花生油。八点钟时,镇长夫人准时来了,你稍稍松了口气。你先同她寒暄了一阵,而后给她号脉,看她的舌苔,让她躺在你和茵茵的床上,解开她的上衣,用手在她的胸部和腹部触诊,触诊的结果你断定:她仅仅只是有胃病。但你故意显出十分慎重的神情,说:问题不是很大,不过我想再给你查一下血。她立刻答应:"行。"你在她的耳轮上采了一点血,装进试管里,而后对她说:"请你在床上稍躺一会儿,休息一下,我去镇医院化验室用用他们的显微镜,一刻钟就会回来。"她说:"行。"你便把那个白布帘拉上一半,只遮了她的上身,下身从帘外可以看到。接着你就走出门,把门虚掩上。这是八点二十五分,你把时间卡得很紧。你出门后,就疾步隐在了不远处的暗影里,忐忑地听着手表上的秒针叫,紧张地看着屋门。八点四十,秦一可的身影准时出现在了你的门前。你看见他轻手轻脚地推开门,走进后便又反手把门关了。你的心提到喉咙口,你计算着他的步数,你估计着就要发出声音,但没有,有一刹那,你已经绝望,你以为你的计划已经完全破产,你沮丧地倚向暗影中的墙壁,但就在这时,诊所里突然传出镇长夫人的尖声喊叫:"呀——!你个狗东西!"跟着又传出巴掌打脸的响声、哭声、撕扯声,至此,你才长长地舒一口气,把悬着的心慢慢放回原位。你看见好多人闻声向诊所跑过去,就急忙转身沿着暗处向镇医院走去。半小时后,你装作什么也不知道的样子又走回诊所,你看见诊所门前围了好多人时,还故意惊诧地问了一句:咋了?出什么事了?你走进诊所,你看见秦一可双手抱头蹲在地上,脸上满是被指甲抓出的血痕,你快活得差点要笑出声来。你看见黄镇长牙咬下唇,面色铁青地站在那里,镇长夫人伏在床上嘤嘤地哭泣,你佯装着上前安慰:"别担心,我刚去镇医院化验室化验了你的血,没有什么大毛病……"第二天,你就听说县上来了人,让秦一可停职反省。就是从那以后,你得到了安宁。当然,你事后也担心了几天,你总怕镇长夫人看出破绽,还好,她对你依旧信任,又找你看了几回病,你去了几次她家,你知道同她维持一种友谊关系于你有益,你不断地给她送些药去,你知道枕边风的厉害,没过几天,你便拿到了具有主任医师水平的鉴定证书。

你原来以为,只要房子、药品、器械有了,只要没有秦一可的捣乱,凭你的医疗技术,生意完全可以做起来,起码可以像开怀那样,每月赚个二三百块钱。可开业之后那股冷清劲儿令你吃惊,每天除了几个碰破手指、脚脖的人来找你包扎外,基本上没什么病人来。你起初以为人们不知道这个新开的诊所,就在十字街口专门竖了一个路标牌,把诊所门口的招牌换成了大的,但这依旧没用,每天赚回的钱不过一两元。照这个样子做下去,每月连牛经纪那七十块钱利息都赚不来,这可怎么办?你那些天心焦如焚。开怀来过几次诊所,也替你着急,把去他诊所看病的一些病人介绍来,但这并不能解决问题。那些被介绍的病人走出他的诊所,就又进了南街的黄家诊所,根本不愿到你的诊所来。因为赚不来钱,你身上原来留的那点机动款日渐减少,你不得不压低生活费用,和茵茵一天三顿吃馒头夹咸菜,你不能再借钱了。有天中午,你忙着切中药,让茵茵拿钱去买馒头,当时没零钱了,给她的是一张两元的票子,她拿去后竟然全买成了肉包子,心疼得你连打她几个耳光——"妈妈,看,我买回了包子,你尝尝,好香!"啪!"你个败家子,谁教你这样花钱的?""妈……卖包子的王伯说,这包子香……我……就买了……"啪!"我要你这个傻闺女干吗?打死算了!""妈……我再不买了……"啪!……你急切地想着扭转这种局面的办法。经过一番了解,你弄清了病人们所

179

以不愿登门,主要是担心你的医术和为人,怕治不了他们的病,反而多要钱坑人,你于是想了对策:在十字街口立一巨大广告牌,一半用红漆大字写了"医师邹艾的经历简介",从在大队卫生所当赤脚医生到在部队当护士、当军医到在镇医院当医生,都写得清清楚楚,还特别把你在部队医院的立功证书复印一份贴在上边;另一半写"康宁诊所的服务项目和医疗新规",特别注明"诊费比公家医院便宜五分之一","若有误诊:一经证实,立即赔款"。这是柳镇十字街口立起来的第一块广告牌,所以立刻引起人们的注意。在这同时你还采取了另外两个对策:

你找了货郎金一开。那天黄昏,看见金一开肩挑货担手拿烧饼一跛一跛从门前走过时,你亲热地喊了一声:"金叔,来屋坐坐。"平日在街上常遭人白眼的金一开听到你这声亲热的招呼,立时受宠若惊地在你门前放下担子。他弓着腰刚迈步进屋,你立刻又端一碗面汤递他手上,他感激涕零地刚把面汤喝完,你马上又拿出预先买好的一双袜子说:"金叔,天快凉了,把这个穿上。""不,不,这,这可叫我……"金一开惶恐地摆手,你硬把袜子放在他的手中。当他满脸感激地走出诊室,弯腰去抓担子时,你好像是顺口说出来的一样,叫:"金叔,你整天走村串乡,记着把我的'康宁诊所'给人们说讲说讲,我在队伍上治过不少枪伤、烧伤的伤员,什么样的红伤到咱这里都能治。还有,在队伍上,一些师长团长也常来找我看内科病,虽不能说药到病除,但只要不是癌症就都能治好。回到镇上后,黄镇长夫人就总让我给她看病。你把这些顺口给人们说说,也算帮我一点忙。"金货郎听罢,连连点头:"好,好,这个你放心,我一定做到。"你望着他渐渐远去的背影,在嘴角浮出一丝笑容。

随后,你又自愿去治蜷缩在十字街口那个瞎子腿上的疮。那瞎子不知是哪里人,半月前瘸着腿来到柳镇十字街口,整日就蜷缩在饭铺墙前。他腿上生一黄疮,淌着脓水,路人看见,常掩鼻而过。那天上午,当街上赶集人最多时,你用铝盘端着消炎药水、纱布、绷带、消炎粉和手术刀剪,径直去到那瞎子面前,你柔声说:"大叔,我来给你治治疮。"你蹲下,立刻闻到一股从瞎子身上散发出的怪味,那味道让你差点呕出来,但你抑制住自己心底的厌恶,开始给他清洗、排脓、上药、包扎,你感觉到街上赶集的人在渐渐向你围过来,你放慢动作,故意把治疗时间延长,你要吸引更多人的注意,你要让人们看看你的心地和医德。你感觉到无数的目光在你身上晃,你听到围观的人群中发出低低的议论:看人家这大夫!但你故意不朝四周看,你只是把动作放得更慢,看上去包扎得极为仔细。当你最终包完站起身时,你发现围在你身边的至少有二百人,你能辨出有些人望你的目光中是含了点尊敬,你知道收到了效果,你低头用极亲切的语气对瞎子说:"大叔,我后天再来给你换药。"那瞎子嗯了一声,说:"俺没钱。"你立刻含笑答道:"给你治病,一分钱不要。"说罢,你移步走,围观的人自动给你让开一条道。此后,每当上午街上人最多的时候,你都端着铝盘去给瞎子换药,你整整坚持了半月,每次换药你都把时间拖得很长,尽管你心疼这些时间,但你知道它会给你换来更重要的东西。当瞎子腿上的绷带完全被解下之后,尽管瞎子仍像往常一样没说一句感恩的话,但你已明显地发现,你在街上走时,主动同你打招呼和问候的人开始增加,到你诊所就医的病人逐渐多了。后来,诊所每天一开门,门前总是摆满了拉送病人的架子车,看到这种景况,你当时心里不是也感到了一股难以言说的快乐?……

"妈,我已经想好了,居住地选择关乎到人生的享受质量,我们今后的目标,就是到美国定居!永远离开南阳这个穷地方!你别吃惊,我打听了,金斯的父母是在芝加哥经营房地产的富翁,毕业时,我要生法让金斯资助我去美国留学,只要我到了美国……"

邹艾的目光在女儿脸上停了许久,才又慢慢移开,盯在紫瓷盆上,盆里,那一男一女仍相搂相扶、面露焦躁地立在那里。

……此后,南阳得空便去劝慰湍花,一来二去,两人就熟了,南阳因为做阴府迷仆,未喝过迷魂汤,对男女间的事儿也懂,见湍花长得那么娇美可人,慢慢便生了爱心。愁苦寂寞的湍花,见南阳身壮心好,对自己如此关照,再想阎王每次来时的那股恶煞样,就也对他生出一股依恋来……

"妈,美国挣钱容易,我们只要在那里定居了,这辈子就再不会被钱憋得没有办法,你还记得吧,你当初为还牛经纪的那点钱急成了什么样子?!"

孩子,世界上挣钱容易的地方不多,美国怕也不会例外,大约都得动脑出力！美国不会随便就给你提供享受,人世上没有一种享受没有代价！不说这些,说了茵茵又会反驳你！反正你该按茵茵的提醒,记住当初还牛经纪钱时所尝到的那份焦急！你开业后四个月基本上没赚什么钱,照牛经纪的规定,借款六个月后,要还九百二十元,可那时你手中仅仅赚有二百多块。怎么办？拖延归还时间？你记起当初借钱时牛经纪的那番话,记起他从席下抽出的那把刀。你打了个寒战。没有办法,只有再借钱来还。你于是去找人恳求,虽然这时你给街邻的印象已远好于开业前,但一下子借到七百来元毕竟不是易事。街邻们都是做的小本生意,流动资金本来不多,何况他们当时还看不出你的诊所有多大赚头,对你何时能归还借款还不太相信,你跑了十来家,也才借到三百元。到了期限的前一天傍晚,你正坐在诊所里发愁,一身酒气的牛经纪推门进来,朝你叫:"半年了,我明儿晚上来拿钱,你可不要忘了！"说罢,猩红的眼警告似的看了你一下,才踉跄着走出门。你送走牛经纪,想来想去,最后还是想到了开怀,只有再厚着脸皮去找他借钱了。只要能借到钱,即使看看开怀妻子风云的白眼也行。你鼓足勇气走到开怀的诊所门前,正好,风云不在家。你说明来意之后,开怀一句话没说,就转身去了里间,片刻,他走出,将一叠钱递到你手上,说:"拿去用吧。"你感动地问:"多少？"他的眉头一拧:"走吧,你！""我年底还！"你说完这句,走出诊所。到家,一数,五百零七。你知道开怀确实没数这笔钱。你当时舒一口气。总算解了燃眉之急！那晚，你破例地睡得很香。第二日，你本想起床后就把钱给牛经纪送去，不料一开门就来了病人，一直忙到下午。送走最后一个病人，你刚坐下舒口气，门口出现了开怀的妻子风云，你的心"咯噔"一紧。你看到她脸上一副冷色，立刻猜出她知道了借钱的事，心里竟莫名地感到有些虚。你亲热地招呼："风云嫂，快，屋里坐。"她没应声，径直进屋，站定后望了你，冷冷地说："告诉你，我可是知道你和开怀过去好过一段，只是如今他已成了家，有老婆有儿子，你不要再变着法儿去招惹他！""轰"地一下，你觉得有一根钉子戳进后脑，在里边旋，旋得快而有声，嗡嗡、嗡嗡。许久，你才能叫出一句："你胡说些啥？""胡说？"你看到她瘦瘦的嘴角一动，变出一个笑来，"你为啥三番两次去找他借钱？而且偏挑我不在的时候？还不是想引他来你这里？""你？！"你发现有无数的金星飘来眼前。"我，我咋了？我明给你说，这柳镇街上的男人有的是，你当寡妇要真是熬不住了，就去找别个，别来——""滚！"你猛地朝她喝道，你几步上前拉开抽屉，把开怀给你的那叠钱扔到她怀里。要不是担心邻人围观，你真想扑上去，照她那张瘦脸上拧几下。你那发红的双眼让她生了几分惧意，她慌慌地拿了钱退出门去。你望着她的背影，紧咬下唇在心里叫。"咱们走着瞧吧！会有你求我的一天，会的！会的！我一定要叫你知道我是谁！"你木桩似的站在那里，风云的身影消失许久之后你还一动不动，直到茵茵喊你："妈，血！"你才低下头，这才发现你已把嘴唇咬破，血珠在一颗一颗向衣襟上滴，你没有管，又抬起头，直望着渐已变黑了的街路。

　　你听到茵茵在捣煤球炉，在向锅里添水，在拿碗拿勺，可你一直没有回头。你感到一阵从未有过的耻辱。今天，那女人是当着茵茵的面说出那些话的，茵茵已经十来岁，她已经能听懂那些话了。一想到你是当着女儿的面受人羞辱的，你的心就开始抖。"妈，吃饭。"茵茵把盛了面条的碗递到你手上，你一口一口没滋没味地嚼，偶一回头，你发现茵茵在边喝面汤边啃一个中午剩下的凉红薯。"咋？面条下的少了？"你问。"我不大饿。"茵茵朝你笑了笑说。"上学跑了半天，能会不饿？来，我再给你下一点。"你起身向煤炉跟前走，茵茵扑过来，抱了你的腿，说："妈，我真的不饿，咱们钱不多，省一点吧。"你在刹那间明白了女儿的心意。你看着女儿那张圆而白的小脸，猛地俯下身去。你和茵茵的脸紧贴在一起，你感觉到泪水把你和茵茵的脸粘在一处，却不知那泪是谁的。

　　刷了锅碗之后，你对茵茵说："你写作业，妈出去一会儿。"你出门就向牛经纪家走，你想先去找他说明，恳求他宽限还钱的日子。你害怕他找来诊所，当着女儿的面向你要钱，你不愿再让女儿那嫩极了的心承受负担。你边走边想着说服对方的词句。你在他那扇破旧的屋门前整整站了五分钟才扬手敲门，你不知道他将会怎样对待你的恳求，但你已没别的路走，你只有恳求。你的手敲在那木门上发出钝重的声响，能听出那声响中带着抖。"推门进来吧，敲什么？！"屋里传来牛经纪的声音。于是你推开门，你看见牛经纪像上次一样，盘坐在床上，床头桌上放一把酒壶，一股淡淡的酒味在屋里游，屋里显得更脏更乱,几乎没有下脚处。"嗨,你倒是准时,把钱送来了!拿来,九百二十元,我数数!"牛经纪向你伸出手。你尴尬地笑笑,轻声说:"大哥,我的诊所开业这几月,生意不大好,只是最近刚好起来,钱还没赚几个,所以欠你的那笔款,没有凑齐,你能不能容我再拖一些日子还你?""什么?"你看到他的双眼立时变圆,手抓紧床沿,两脚急切地伸下床,寻鞋。"你当初是怎么起誓的?我们是怎么说的?你,竟想拖欠?没门!没门!"他站起,猛地伸手去床席下抓出那把刀,弓形的刀锋上爬过一丝寒光,你本能地倒退一步。"我实在没有办法,我并不是存心拖欠,我的生意正在好起来,要不了多久就会还上你的!"你听到自己的声音在抖,你看到他握刀的手腕在颤,你真想扭头出屋,高喊救命,但你最后还是镇定了自己,稳稳站那里。"说得倒好,只要破了按期还钱的例,你以后就还会再拖下去,这法子我知道。你这会儿只有两条路可走!"牛经纪那方形的瘦脸上全是愤怒,"一条,去政府告发我放高利贷,这样,你欠我的钱不但可以拖欠,恐怕还会一笔勾销;不过,那样一来,你和你女儿的命可就没有了,我牛经纪说话算话!你也看见了,我这屋里的景况,也不像要长活下去的样子,杀了你和你女儿,我再一刀朝自己脖子上一抹,就完了。这条路你愿走吗?"你摇了摇头,你完全相信他这样的人是会说到做到的。"你好心借钱给我,帮了我的忙,我怎能再去告发你?"你想用这话去摇动他的心。"好,既是这条路不走,那就还剩一条路,就是把你的诊所抵给我,我来变卖成钱,变卖的钱多了,我退给你,变卖的少了,算我倒霉!咱们说办就办,我今夜就去你诊所里住！"他说罢,转身就去抱他那床褴褛发黑的被子。"不,不!"你见状慌忙上前扯住他抱在怀中的被,你觉得你的整个身子都在抖,你从来没想到他会用这个法子治你,那诊所是你所有的希望所在,没有了它,你就什么也没有了。"求求你,求求你!"那一刹那,你真想朝他跪下去。但你明白那不会有用。慌急当中,你突然把牙一咬,冷了声叫:"牛大哥,听我一句话,你要还相信我的人格,就请允我把还期再延长半年,利息也算贷款,到时连本带利一起还清！若不允,那我现在只好拿命来还！也不必麻烦你来动刀,我自己吊死在你面前就行！日后别人来问死因,你也好脱了干系！"

牛经纪的脸上浮出一丝狰狞的笑意,哑了声说:"你别拿死来吓唬我,我今天倒要看看你怎么个死法！"

没有别的退路,你只好向墙角走去,那里扔着一团麻绳,你抖颤着手把麻绳拿起,你盼望着牛经纪这时能喊一声:住手！但是没有,他只是冷笑着望定你。你只好抖开那团麻绳,把一个绳头向屋梁上搭去,你感觉自己的双腿都因气愤在哆嗦:姓牛的,你竟真有这个狠心！你把绳圈结好,把一个独凳搬放在绳圈下,做好了一切上吊的准备。你这时扭头极快地看了他一眼,你期望能从那张干黄的脸上看出一点不忍和恐惧,但是没有,他的脸上除了冷笑还有一点嘲讽。噢,这个铁心肠的男人！怎么办？难道这场戏还要演下去？可是不演又有什么办法？呼救？逃出去？有什么用？出去后拿什么还钱？而且牛经纪将会怎样羞辱你？你绝望地不由自主地抬起腿上了独凳,你的眼中涌满了泪,你听到他的身子在床上动了一下,床板轻轻吱了一声,你多么希望他能说出一句:"下来吧!"可是四周一片死寂,什么声音也没有。你双手抓住了绳圈,在抓住绳圈的那一刹那,你惊奇地感到心中原有的那股对牛经纪的恨意消失了:就这样死去岂不也好?只要把脖子套进绳圈里,世上的所有烦恼愁苦岂不都抛掉了?何必要在这个世上赖着不走?犹豫没有了,你什么也不再想,只是迫不及待地把绳圈往脖子里套,直到你把脚下的凳子踢倒时你才忽然想起茵茵,也几乎在这同时,一道白光一闪,吊你的绳子断了,你重重地摔倒在地。牛经纪一手握刀站在你的身旁,他的脸上此时是一副奇怪的表情:骇然中掺和着茫然和惊异,口中同时发出一阵含混的低语:"……我也可以把人逼死……我也可以……"

　　你不知他还要怎样对待你,你一动没动,这当儿你听见"当啷"一声,那把刀从他的手中掉落在地,几乎在这同时你听到他突然发出了哭声:"呜——我不是人哪,秀花……"他双手捂脸向地上蹲去。你完全被他这意外的举动弄愣了:秀花?秀花是谁?"我是混蛋哪,秀花……"他呜咽着用手捶地。你怔怔愣愣地从地上站起。牛经纪此时开始趴在地上哭,头不时地向地上碰。你如坠五里雾中,不知他这是演的什么戏。你茫然无措站那儿,看着他边哭喊着秀花这个名字边把头一下一下往地上碰。他越碰越响,越碰越重,你十分震惊,拿不准要不要上前劝劝。就在你犹豫的当儿,他忽然一下子扑倒在地,呜咽声骤然而停,身子一动不动。昏厥!你立刻做出了判断。医生的本能驱使你急忙上前,紧掐他的人中穴,半晌,他才又慢慢呼出一口气来。你吃力地把他抱上床,他双眼紧闭身子已变得十分绵软,刚才的那副凶恶狰狞样子全然没有,满是泪痕的脸上都是愧疚。你又按摩了他身上的几个穴位,他才慢慢睁开眼睛,他的目光在你脸上停了半晌,方认出你,他微弱地说出的第一句话是:"你走!"你被他这种奇怪的举动和前后态度的骤然改变弄得十分迷惑,不过有一点你明白了:这个人心中埋有隐痛,而且那隐痛和秀花这个人有关。"秀花是谁?"好奇心驱使你轻声开口问。"我的老婆。"他的声音十分虚弱。你有些吃惊,你的目光又飞快环视了一遍这低而矮的脏屋,你看不出这屋里有女人住过的痕迹。"她在哪儿?""死了。"他喘了一阵答。你的身子一个激灵。"怎么死的?"你控制不住自己,紧跟着问。"用刀戳的胸口。唉,就是那把刀,她自己戳的。"他伸出瘦削发黄的手指,指着地上那把发亮的弯刀。你好像看见那刀刃上还有血在爬动,你的后背上生出一股冷而凉的东西。"是为什么?"你几乎是下意识地问。"我是一个混蛋!"他的声音又开始变高,你看到他的眼睛瞪大,拳头握紧,情绪又激动了起来:"……我想赚钱……我想办个养貂厂……我借了郑老四的四千元……可不知那些貂得了什么怪病……都死了……我没钱还,跑到广东挣……郑老四逼债……秀花还不上,嫌丢人,就走了绝路……等我挣到钱回来……人已经埋了……我混蛋哪……"

你无言地望着他那张涕泪交流的脸,你已经明白了一切,你什么也没说,只是掐着他的人中穴,直到他终于又安静下来,微弱地说"你走"时,你才缓慢而吃力地迈出他的门槛。

那一刻,你知道这个难关是暂时地过去了,但心中却无半点轻松,当你仰看已近子夜的星空时,泪水突然间涌满了眼眶……

也就是在那个让你恐惧意外的晚上,当你刚刚走回诊所,老家里就来人告诉你:娘傍黑拾牛粪时不幸被牛踢中胸口,连续吐血。你被这消息惊得几乎栽倒。在那一刹,你在心中无声地叫了一句:老天爷,你睁睁眼呐!你不敢耽搁,慌慌提上药包、拉上茵茵就往家走。进屋一见仰躺在床上的娘那纸一样的脸色,一看见床头脸盆中的那些鲜红的血,一摸娘那弱极了的脉,你就知道:晚了!你虽然立即动手,把自己的血给娘输了三百 CC,但也仅仅是拖延了娘咽气的时间,那些血立刻都又被娘吐了出来,你晓得凭你的本领和眼下的条件,你已经救不活娘了!娘在咽气前,反复用微弱的声音向你说着一个字:"手!"你先是以为娘的手上难受,急忙去察看,但娘立即摇了摇头;你随后以为娘是想攥住你的手,便把自己的手放在娘的掌中,可娘还是摇了摇头;你愣了片刻之后才明白,娘说的是她当初为你讨的那个桃木手形护身符。你问娘:你说的是不是那只桃木手?娘立即点了点下巴,并用细微极了的声音嘱你:要常带身上!你刚来得及向娘点了一下头,娘的眼就阖上了。

你给娘买的是半寸厚的棺板,你没有钱去买上等的柏木棺材,葬礼简单而冷清。当你在娘那个不大的用黑土堆起来的坟头前跪下双膝时,你放声哭了:娘,女儿无用,没有给你一个安乐的晚年……

一股风晃过街面,将街树的枝叶轻摇了一下,蝉们未加理会,叫声依旧热烈。

阳光变得愈白,热气渐渐向室内逼来,扔在街边碎成两半的写有"康宁医院"的木牌,在阳光下闪着耀眼的光亮。

"妈,你不要操心你的护照不好办,我已经问清楚了,如果女儿在国外结婚有了孩子,可以申请让自己的母亲去照料,只要你一到了美国,我就一定能把那护照换成永久居留卡!你信不信?"

她漠然地看了一眼女儿,就又把目光移往那个紫瓷盆,移往那对默然伫立的男女。

……那晚按惯例不是阎王要来的日子,湍花便悄悄招手让南阳进屋,两人拥在一起刚说了几句话,不想阎王会破例到了,推门一见湍花和南阳紧紧相抱的情景,立时眼喷怒火大喝一声:来人!把这奸仆贱妇抓起!……

"妈妈,当我们最终在世界上最富的国家落下脚时,你说,那是不是我们一生中最辉煌最值得记住的时刻?人的一生不过几十年光景,在这几十年中能办成几件像这样的事情?当然,即使这最辉煌的时刻最后也会变成灰烬化为乌有,两万年后,世人不会知道曾有一对母女从中国移往美洲大陆!"

孩子,妈一生中已经有过辉煌和值得记住的时刻,那时刻就是康宁诊所改为"康宁医院"的那天!尽管那一天来得十分艰难！妈和你对辉煌时刻的理解不同,妈以为自己要办一所医院的心愿得以实现的那刻就最辉煌！好了,不说这些,说了她又会撇嘴。你自己只要记住就行,记住你经了怎样的努力才总算把医院办成！虽然最后它又被毁个干净。

是办起诊所的第二年夏天吧,你已还清了牛经纪的钱,并已攒有将近五千元,而且你的名声已在四乡传开,找你看病的人越来越多,病人常常在门外等待。一间房的诊所已经远远不行,于是你用稍高一点的价钱,把邻居与诊所相邻的三间房买了下来,一间当诊室,一间当药房,一间当治疗室,原来的那间,改成了厨房和卧室。你还雇了两名做过赤脚医生的姑娘,一个当治疗室的护士,管给病人打针、换药,兼做你手术时的助手,一个在药房负责发药配药。正是这两个护士中的一个,无意中把你的诊所送上了一个新的台阶。

那是一个晚上,临睡前,你照例对诊所的几间房做最后一次巡视,你看见那个司药姑娘已经睡下,就转身去推治疗室的门。就在你的手刚要触到门板时,你从门缝里听到一种声响,起初你分辨不出那是一种什么声响,只觉得那声响你很熟悉,你过去好像听过,不过片刻工夫,大脑翻出了你对那种声响的记忆:接吻声！你一下子记起了很早很早以前,你和开怀在那条小河边,你的双耳里盈着的,就是这种声响。你先是觉得惊奇:这个护士才来几个月竟就招来了恋人！随之就觉到了气恨,一种莫名其妙的气恨,你虽然知道这姑娘已经二十三,早到了该恋爱的年纪,而且平日做事十分尽心勤快,现在和恋人在室内接吻又不会影响你什么,但你还是觉得气恨。你越在那门前站的久,听那声音的时间越长,你越觉得气恨。那气恨在胸中迅速膨胀,它让你一下子想起了久远的过去,让你不由自主地算起巩厚去世至今的时间,想起当初和开怀在一起消磨的那些傍晚,记起了当年和巩厚在一起度过的那些夜里。那气恨膨胀到了一定限度,使你没有抑制住自己,你"哐"地推了一下屋门,屋里的那种声响骤然停止,随即传出护士一声怯而颤的问:"谁?""我,快开门!"你厉声叫。屋里的灯亮了,门闩随即抽开,你猛地推开门,走了进去。你看到了两张满是羞意和惊慌的脸,男的是一个长得不错的小伙子。你看到他们脸上的惊慌后,心里才略略有些快意,但见到那护士的眼角眉梢还保留着幸福的笑纹,那丝快意就又消失。"你们可真胆大!"你声调冷厉地说,"竟敢来到我的诊所里——""我们真的没干什么,我们只是……"那小伙子急忙打断你的话,做着解释。"好了,你走吧!"你对那小伙子下令。小伙子慌慌地走后,你转对那个姑娘冷冷地叫:"你要不想在我这里干,明天就卷铺盖走!""不,不,"她几乎要哭出来,"他今黑里来,要亲我,我没法,我……也喜欢……他……"看到她脸上那些幸福的笑纹全部惊走之后,你心中的气才稍稍有些平息。"他是干什么的?你敢引他到诊所来,偷走了东西怎么办?"你继续着训斥。"他不会偷东西的,不会的,我俩在一个村长大,他高中毕业,会写文章,现在被镇政府招聘为通讯报道员,经常给报纸、电台写文章,他人很好——""给报纸、电台写文章?"你听到这里心一动。"是的,他今年已经在省报上发表了三篇……"姑娘下边的话你没有听清,你的思绪一下子回到了部队医院。你记起了医院领导对每一个到医院采访的记者的热情态度，记起了领导们在报上看到有关本医院的报道后的那种高兴样子，记起了医院领导反复强调的话：要重视新闻报道工作，要重视舆论工具的运用。"我并不是反对你们相爱幽会，我只是担心你上当吃亏。"你开始对姑娘变得和颜悦色，语调亲切，"既然他是这样一个好小伙，你明天带他来见我。"第二天中午，姑娘把那小伙领了来。他局促不安地站在你面前，你先用道歉的口气说："昨晚上不了解情况，让你受惊了，请你原谅，你以后可以经常到诊所来，不要不好意思，祝愿你俩幸福！"待看到他脸上露出感激之色之后，你才又像顺口提起似的问："听说你常给报纸电台写文章，是吗？""是的。"小伙子见对方当着自己恋人的面提到自己的长处，显得异常高兴，"镇上所有的有价值的新鲜事我随时都可以报道。""是吗？那像我们诊所扩大，就诊病人日渐增多这样的事，也能写么？""当然！"小伙子开始眉飞色舞，"嗨，要不是你提，我还真把眼前你们诊所这个报道线索给丢掉了，你们吸引的病人多，这证明你们的服务态度好，这可是值得宣扬的事！""我可不大信，我们这个诊所的事还能上报纸？"你故意这样笑着说，同时看了一眼那姑娘，那姑娘也立刻担心地问恋人："能吗？""当然！不信，你们等着看！"那小伙子脸涨红着说。此后几天那小伙子不断来诊所里问这问那，还拍了几张照片。接下来一段时间，那小伙子再没露面，二十来天之后的一个上午，那小伙子忽然兴冲冲地跑进诊室，把一张省报放到了你的面前，你看到在报纸的二版上，有一行黑字大标题：

"女大夫妙手回春,小诊所名声大震",标题下还有一个副题:"——记邹艾和她的康宁诊所",文中还夹了一张你给病人号脉的照片,你只看了一眼,心中就胀满了欢喜,但你知道你不能显得过于高兴,你勉强抑住自己,只在脸上现出一个微笑,说:谢谢你!你随即把那个护士叫来,掏出一百元让她去城里邮局买这张报纸并顺便玩玩。从那以后,几乎每个去诊所看病的人,去药房拿药时,司药的姑娘都要同时送他一份报纸,报纸上那篇"女大夫妙手回春,小诊所名声大震"的文章,是用毛笔特意圈了的,十分醒目。而且那文章被你送进城里放大复印,回来贴在一个广告牌上竖在十字街口,旁边写一行大字:"康宁诊所愿为每个身体欠安的人热情服务!"

那篇文章发表一周之后的一天中午,黄镇长陪着一个身着中山服的男子来到了诊所,你有些惊异,黄镇长除了那晚夫人在这里出事后来过一次外,再没来过,怎么今天突然驾到?你以为是出了什么事情,引起了领导的注意,心里有些不安。当黄镇长介绍说"这位是金县长"时,你慢慢辨认出,这位金县长就是当年的公社书记,金慧珍的爸爸!你更有些惊奇。直到那金县长微笑着朝你伸出手说"我是从报纸上才知道你和你的诊所的,今天特来看看你"时,你才松了一口气,才由不安转为了欢喜。你知道这又是一个让诊所兴盛的机会,你要紧紧抓住。你过去在鲁市的生活经历帮助了你,使你在和县长的交谈接触中没有显出什么惶恐、失礼,一切言行都很文雅、大方、得体,显出了一个有修养的女医生的身份。你看出县长对你的言行很满意,对诊所的整洁有序感到高兴,县长临走时问你有什么困难,你把早已想好的最重要的那句话说了出来:"我想贷点款。""你想贷多少?"县长微笑着问。"如果允许的话,我想贷五万。""可以,你的要求不过分。农村医疗卫生事业是我们要扶持的重点之一,老黄,这件事你来办!"县长转向镇长交代。三天之后,你拿到了那笔钱。

你拿到那五万之后,用四万元买了地皮盖了二十间房子,用一万元添了些化验室的设备,增聘了化验员和护士,这时,医院的雏形已经有了,重要的是缺医生。庸医不能聘,那会坏名声!于是你把眼睛盯住了镇上私人开业的医生,你的第一个目标是桑家诊所的桑大夫!其实当你拿到那五万元贷款之后,你就下了决心:不能再让桑家诊所和开怀的诊所继续办下去,柳镇街上不能出现三雄并立的局面,只有把他们全都收拢到你的诊所里,你才能办成医院才能有一番作为。你把第一个打击的目标选定了桑家诊所,桑家诊所的经济实力比开怀的诊所稍差一点,只要把他打倒,开怀那边就好办了。你对桑家诊所只打了三拳:第一拳是断掉药品来路。你专门跑到县药材公司,找到了那个姓姜的仓库保管员,因为他有把柄在你手里攥着,你的话他不敢不听,你告诉他:凡是柳镇桑家诊所来买药时,你要想法拒绝,实在拒绝不了就只给一点无关紧要的药。他点点头。此后不久,桑家父子就开始来你诊所里叫苦:买不来急需的药!并求你给匀一点。你也附和着叫苦,但最后总是温和亲切地答应:"我这里的药虽不多,不过你放心拿一点去吧!"那自然只是一点点,你看见因为缺药,桑家父子的眉头越皱越紧。第二拳,是坏他诊所的声誉。有天傍晚,你把那个在药房发药的快嘴姑娘叫来,郑重其事地告诉她:"以后收集、配发中药时可要小心,决不能让异物混进药材里边,听有的病人讲,他们从桑家诊所里买来的中药中,混有一些切碎的玉米秸,这事不知是真是假,咱没有调查,不过我们一定要注意,如果你配药时出了这样的事情,我可要处罚你!再者,对桑家诊所的事,不要说出去,我们也没有亲眼看见。"你知道快嘴姑娘决不会把这话存在肚里,果然,半小时之后,你就听见她站在街边在对一个妇女讲:"天呀,你不知道吧?桑家诊所卖出的中药里夹有玉米秸!……"这消息暗中传开有十天之后,你借故去了一趟桑家诊所,你看到桑家父子冷清地坐在诊桌前,所里没有应诊的病人。你当时就知道,你的目标快实现了。第三拳,你暗中派人悄悄找到在桑家诊所当护士的姑娘,拉她来康宁诊所工作。你知道桑家的儿子在暗中爱着那个护士,只要把那护士聘来诊所,桑家儿子的心就也跟到了康宁诊所来。你让人跟那护士谈明:工资将比她在桑家高出十五元,那护士自然高兴,就很干脆地辞了在桑家的职。姑娘这一辞职,桑家儿子的情绪不宁,更无心协助父亲去想什么挽救诊所的措施,所以一月之后,桑家诊所就完全现出一副衰败倒闭的样子。于是你便在一个微雨斜飘的上午,带着同情和慰问的神色进了他们的诊所。进门后你先同情地望着桑老大夫叹了一口长气,低低地说:"真没想到啊。桑老师,如今开个诊所可真不容易,不过你老人家可千万要保重身体!"这一句含了宽慰和关切的话,立刻使老头子感动得要冒出泪花。趁着这个效果,你又接着讲:"桑老师,我们是同行,你又是长辈,我不能看着你们处在难时不管,互相照应、扶持是咱们医家的传统,这样吧,我那个诊所虽说也经营得不好,但眼下起码还能凑合,你们父子要是不嫌弃的话,就去我那里,报酬上我决不会亏待你们,桑老师每月一百三,弟弟稍低一点,先定一百,以后只要诊所收入多了,我再加!"你的话音刚落,桑家儿子就急切地说:"行,我们去!"你知道他是因为什么显得这样迫切。桑老大夫听了你的话后,也十分感动,连连抱拳说:"好,好,小艾你这么关照体恤,我们桑家父子只有来日相报了!"两天以后,桑家父子就各提一个诊包来康宁诊所上班。由于他们的到来,你又腾出三间房作为病房,新增了九张病床,加上原有的,你已经拥有了十五个床位,一个医院的雏形已经出现。

  这之后,打击的对象便轮到了开怀。一开始你有些不忍心,曾想让他的诊所存在下去,但一想到他继承了德昭伯的手艺,来到你的诊所上班对你大有益处,你才又下了狠心。你对付他主要用了降价措施。你凭着你的经济实力,一下子把就诊费减了一毛,包扎费减了五分,打针费减了三分,把常用的感冒药每袋减了二分,这样一来,去开怀诊所就诊的病人便日渐减少,他先还想同你对抗一下,刚宣布把诊费也减一毛,你立刻公布再减二分,到最后他只好认输倒闭。在他取下诊所招牌的那个晚上,你去到了他家,你看到风云坐在药柜前低声啜泣,心里感到一阵从未有过的快意,你真想问她一句:泪水是咸的还是甜的?但当你见到开怀也双手抱头蹲在墙角时,心里又升起另一股滋味,那是一种隐隐的歉疚和心疼。他原本可以过下去的平静小康生活,又被你一下子打断。你默默地站了一刹,他们并未发现你的到来,最后是你低低地开口说:"不用伤心了,做生意办事儿都有成有败。我那边降低,实在是为了维持生意,并不是存心对付你们。你们放心,只要有我的诊所在,决不会没有你们的饭吃。这样吧,你们两个都去我的诊所里,每月给你们的工资,不会亚于你们开诊所挣的钱。你们剩下的这些药品用具,不必担心浪费,我统统给你们折算成钱,可以吗?"正在那里伤心的风云和开怀,听到你的话,意外地抬起头。"你们想想,同意了后天就去我那里上班,不同意就算。"说完,你扭头就出门,你怕看开怀那双苦闷的眼睛。三天后的那天早上,你看见开怀和风云一前一后地向诊所走来,你为自己预定计划的全部实现感到由衷的高兴,但你忍住脸上的喜色,只露出一副真诚欢迎的微笑,把他们领进诊所。从第二天起,你把新盖的二十间房子全部利用起来,十五间做病房,每间房安三张病床;剩下的五间做诊室和护士办公室。你根据需要又招雇了四个人,一个做饭的师傅和三个护士。在招雇这三名护士时,你有意收了两个并不懂护理业务的姑娘:一个是县银行副行长的侄女,一个是县卫生局局长的外甥女。你自然有些心疼每月支付给她们的钱,但你知道这样做是必须的,你今后要不断地同银行和卫生局打交道,有这两条关系将会使你省去很多力气,她们带来的价值将会远远超过你付给她们的!

不久,你又买了一辆救护车,负责接送病人和来往购买药品。至此,康宁诊所已完全可以改称医院了,于是在那个早晨,你摘下大门前那块"康宁诊所"的牌子,换上了写有"康宁医院"四个宋体字的木牌。木牌上的字是你亲手写的,四个字你整整写了一夜,你不愿让别人插手,你先用尺子在那块上了白漆的木牌上画了格子,然后用铅笔按宋体字的要求写着那些笔画,而后才用红漆描,最后一笔描完之后,鸡已经开始叫。你买了十挂一千响的鞭炮,你请来了三个响器班子,你要让全镇的人都知道:你已经创办了一所医院!你已经拥有了一所医院!当太阳刚刚跳上东方的桐柏山顶时,你朝十个拎着鞭炮的医院工作人员点了一下头,于是十根火柴同时擦亮,十挂鞭炮同时被点响,鞭炮点响的同时,三盘响器的唢呐也同时向天空长叫,全镇的人一齐拥过来看。就在众人瞩目中,你换上了那个白底红字的"康宁医院"的招牌,你心跳得太急,手总在抖动,当你想把木牌顶端的铁环套在那个长钉子上时,钉帽碰破了你的手。你看到有四滴殷红的血滴下去,前两滴落到了地上,后两滴落上了木牌,它们在木牌上各划过一条细细红红的印痕,而后融进了红色的笔画里,没有人注意到这一点,只有你自己能感觉出,那道融了血的笔画红得格外鲜艳。你退后几步,在鞭炮唢呐声中欣赏着你写的那四个字,你看着看着,不知怎么地突然就想哭,你抑制不住那无缘无故涌上来的泪,就在泪水要淌出眼角时,你佯装听到院内有人喊你,疾步走了进去。就是这一天,你觉得是你此生经过的第一个最辉煌和最值得记住的时刻!……

　　一辆拖拉机突突着驶过街面,把铺在地上的阳光碾碎,也压下了远处传来的市声和近处的蝉鸣。

裂成了两半的写有"康宁医院"的木牌,静躺在屋檐下边。

"妈妈,一旦在美国定居之后,我想让你也多到社交场合走走,接触认识一些朋友当然也包括男朋友,妈,这话也许我做女儿的不当说,自爸爸去世之后,你一直一个人生活,这种生活是不正常的,你放弃了人生最重要的一种享受,你才到中年,为什么要拒绝……"

一抹红云极快地在邹艾颊上闪过,她的眼稍稍眯起,依然盯在紫瓷盆上,那一男一女仍定定立在那里。

……阎王执意要把湍花和南阳扔进油锅烹了,幸亏阎王手下的一个老判官心善,可怜这一对年轻男女,就劝阎王:依老臣之见,地狱的惩罚远比不过人间的熬煎,倒不如把他们送回阳间,永囚在一个与世隔绝的地方,让他们在那里苦熬!阎王听罢沉思一刹,便猛伸手朝我们阳间的中原地带一指,于是这里便出现了一个四边高中间低的盆地……

"妈,这些年你整日为开诊所办医院忙活折腾,把这最切身的事都忘了!"

是的,整日忙这忙那,哪还有闲心?她心虚地瞥了一眼女儿。忘了?这事你忘得了吗?当年,每到更深夜静,茵茵睡着,你独自一人静躺在那里时,你不都希望有一双结实有力的手臂向你伸过来吗?那天晚上,临睡前你忽然想起,第二天早上要让开怀随救护车送两个病号去县医院做B超检查,你于是便朝他家走去。你是径去敲他们睡房窗户的,你原是想在敲响之后,隔窗向他交代几句就走。但当你的手指就要挨向窗玻璃时,却又猛地僵住,你隔着拉得不很严实的窗帘,看见风云正在脱衣,开怀则坐在床沿吸烟,你听见风云软声颤气地说:来,帮帮忙!你看见开怀扔下手中的烟,用脚踩灭,而后转过身去,帮着风云脱毛衣,脱了毛衣脱内衣,一件一件全脱去。你看见风云的双眼微闭,任凭开怀把她横着抱起,轻轻放到床上,盖上被。那一刻,你的心像被手撕了一下,疼得差点弯下腰去。接着,你看见开怀开始脱衣,当他的手刚解开第一个纽扣时,你知道应该转身走了,不能再站在这里。但你的双脚却到底没能移动,你的双眼紧盯着他那渐渐裸露的古铜色的躯体,你感觉出自己的十指指尖开始奇怪地打战,双颊在很快地升温变热。两个小腿肚渐渐有些哆嗦,牙齿不由自主地咬紧,双耳开始响起一种轰轰的声音。你像醉了似的转身走回诊所,你告诉了值班护士第二天早上喊开怀进城之后,便向自己的宿舍走,在门口,你无端地朝门槛重重地踢了一下,疼得你吸了一口冷气。那夜,你躺在床上来回翻身,总睡不着,黎明时分勉强阖眼,却又陷入一连串紧张荒唐的梦里。

接下来的那个晚上,开怀值班,按你那晚的安排,你应该结算账目,但你那晚竟总拨错算珠,你最后"哗啦"一声推开算盘,气愤地走出门。你不知不觉又走到值班房前,你在值班房前来回走了三趟,你的双眼一直在隔窗望着伏在诊桌前填写病历的开怀。你最后在心里承认了自己想要什么,你的上牙慢慢咬紧下唇,你仰脸向天,无声叫:这没什么!这没什么!你然后上前推开值班室的门,径直走到开怀面前,说:"你九点钟去我那里一趟,我想请你看一下这个月准备买的药品单子。"你听出自己的声音有些异样,尾音在抖,而且吐字有些不清。开怀听到你的话音后,从病历上抬起头,说:"行。"答完后又注意地看了你一眼,问:"你的脸色有些发白,不是身子不舒服吧?"你摇摇头,急忙走出来。你回到宿舍后,仔细地把屋里收拾了一番。你打开旧箱子,把当初从鲁市带回来的一瓶香水找出来。自从巩厚死后,你再也没有用过这东西了。香水存的时间过久,香味已经褪去了许多。你往头发上洒了一些,又在胸前稍稍抹了一点,而后开始梳头,随着梳齿的犁动,你闻出发丝上开始带一缕清香。你看看手表,九点快到了,你虚掩上门,把大灯关了,只留一盏台灯在屋里。你把那张购买药品的单子放在台灯底下,而后你走进里间,仰身躺在床上,你静听着屋外的脚步声,你觉得心脏在慢慢地向喉咙口提升,你感到它跳得越来越急。终于,你听到屋外传来开怀那钝重的脚步响,你浑身的肌肉一紧。"咚咚",敲门声。你应了一句:"进来。"你听到门被推开的声音,听到他走进了门槛。你装出一副忍受疼痛的声调,几乎是呻吟着说:"药单子在台灯下放着,你看吧。我这胸口突然疼开了,简直难忍受,就躺下来了。"开怀一听,立刻关切地问:"是怎么个疼法?要不要检查检查?"你呻吟着应:"你给我检查一下也行,听诊器在门后墙上挂着。你把门关上,我这身上总觉得冷。"你听到他取下了听诊器,听到他关上门,听到他向里间走来,听到他拉开了里间的电灯。你闭了眼,双手捂在胸口。"我来听听。"你从那种男人身上气息的逼近,知道他朝你弯下了身。你的双手开始解上衣上的扣子,你的手稍稍有些哆嗦,你解得很快,当最后一层内衣的扣子解开时,你睁开了眼,你看到他的目光有些慌,他把听诊器小心翼翼地放在你的胸口,静静地听,你的皮肤感觉到了他呼出的轻微气息。"这边疼!"你抬起左手,抓住他的手,在你的胸口上移,你感觉到了他那手指在你皮肤上的滑动,你发现他的手指犹豫且带哆嗦,而你却感觉到了一阵莫名的快意。"你仔细听听!"你望着他说。他又略略弯了下腰,微微闭目分辨着听诊器里的声音,就在这时,你猛地抬起右手,一下子抱住了他的脖子,蓦地把他的头按到了你的胸口上。你感到听诊器的铁柄把你的皮肤戳了一下,但你没觉出疼,你只是用两手紧紧抱住他的头,让他的脸紧贴着你的两乳。你感觉出他先是吃了一惊,随即开始挣,他想挣开你的手。他口中仿佛还说了句什么,但因为他的双唇紧贴着你的肉,你没听清,他的劲真大,眼看就要挣开你的手,就在绝望的眼泪要涌出你的眼眶时,他突然间停止了挣扎,脖子仿佛一下子没了劲,整个头重重地放在了你的胸脯上,很快你感觉出他的双唇变得柔软且开始在你的皮肤上吮,他的双手重重揉着你的乳头。你知道你胜利了,你的双手软软地掉下去,大约是刚才过于累,你觉得浑身没有一点劲,你这时才发觉他的两手原是这样敏捷、有力和贪婪,底下的事你什么也不知道,你只觉得你的身子越来越轻、越来越飘,慢慢地开始飞,向那个黢黑的、闪耀着无数光点的极乐世界飞去……

半夜时分,你推醒酣睡在你身旁的开怀,轻声说:"走吧你,再晚怕要招人看见。"开怀揉揉眼,坐起来。明亮的月光探进窗里,照着开怀那裸着的强健黝黑的上身,你的心里又霍地涌起一股不舍之情,你猛地伸出双手,重新把他扳倒在被子里……自那夜以后,你让茵茵单独住进另一间屋,只要是该开怀值班,你睡时总是虚掩着门,急迫而甜蜜地躺在床上等待,直到你听到门柱低叫一声,你才长长地舒一口气……

这些年,你用佯装出的漫不经心的目光观察过不少男子,你最后觉得你唯一喜欢的还是开怀。和开怀在一起的第一夜你仅仅是凭了冲动,但接下来你发现这一夜把你久压在心底的对他的感情全部唤醒。随着幽会次数的增多,你觉出你很难再离开他,而且你觉出只有在他的怀里,你才甘心情愿变成一个完全的女人,你才能领略做女人的全部美妙。但你在同他的幽会中也渐渐感到了不安,你丢不掉那种犯罪的感觉,特别是当你见到风云用眼看你的时候,你总担心她发现了什么。不过,每当开怀不值夜班,你看见风云和他一起边说话边往家走时,你心里又生起一股嫉恨:他们终究是夫妻!你的心在不安和气恨这两种感情中滚来滚去,你拿不定主意该怎么办。直到那个细雨淅沥的夜里——

那天夜里开怀并不值班,但不知是什么原因,你特别想让他那晚在你身边,八九点钟的时候,你让一个护士去叫他,借口是让他来商量一个手术方案。护士走后,你略略有些后悔,你知道这样做有些过于大胆,很可能会引起风云的怀疑,但最后你压下了这种担心。开怀来后,你为了避免那个护士生疑,故意把房门大开,高声说着一个接骨手术方案,半小时之后,你走出门外,对着漆黑无人的大街,大声说着送客走的话。"慢走,陈大夫,路滑!"而后你回到屋里,灭了灯,兴奋地扑进他的怀里。当他刚刚把你抱放到床上时,屋外淅沥的雨声中突然响来一个人的脚步,跟着屋门被敲起:咚咚!你那兴奋起来的身子被这"咚咚"声惊得一悸:"谁?"你抬起头来,装出睡意犹存地问。"是我,风云。"你闻声后浑身的汗毛一齐竖起。"有事吗,嫂子?是不是开怀哥还没回去?"你决定先发制人。"是的。"你听到她的声音有些意外。"刚才他来诊所商量一个手术,恰好东街有人得了急病,他出诊了。你要不要来屋坐坐?""噢,不坐了,你快睡吧。"你听到她的脚步声慢慢远了,刚舒一口气,却见一直躺你身边一动不动的开怀,急急地起身穿衣。"怎么了?"你心里突然涌起一股无名火气。"我得回去,要不她到东街一找,又会生疑。"开怀赔着小心说。"你走!你滚!"你抑制不住自己的气恼,低声喝叫,开怀在黑暗中停了动作,默默坐在那里。"说,你到底是喜欢我还是喜欢她?"你低而冷地问。"我从来没有喜欢过她!"他的声音缓慢低沉。"既是这样,我们就名正言顺地结婚!你把她赶走!"你冷厉地用命令的口气低叫。你听到床轻轻地动了一下,沉默。屋外的雨声不紧不慢地响着,仿佛是一股风摇了下屋后的桑树树冠,一阵较大的雨点砸响了屋瓦,噼里啪啦。"听见了没有,你?"你望着黑暗中一动不动的他,催。你觉得你失去的已经太多,你不想再失去他,你要抓住这个机会!你要重新建立家庭!"这是你的真心话?"黑暗中,蓦地传过来一声嘶哑的问。"当然!"你坚定地答。"那好!"他说完这句,开始穿衣,而后轻轻拉开门,走出去。

　　从那夜以后,你开始盼那个结果。那时你又一次意识到,你的生活将再一次顺着旧有的河道流下去,才意识到感情这东西是不能扔掉也不能解析的唯一东西。没有几天,你就听护士们在向你报告:开怀在和风云生气,而且开怀对风云动了手。你听后只是叹口气,含混地说一句:清官难断家务事。你开始在心里暗暗计划着结婚的具体事宜。开怀那些天总是阴沉着脸来上班,你每天都要注意地看一下他的脸色,你从他的脸色上知道:事情还没有办妥。你仔细地想了风云对这事的态度和会采用的手段,你估计无非是两种:同意离婚,但要找你大闹一场,把你的名声搞臭;不离,无限期地拖下去。对于前者,你不怕!你知道不论要办成何事都要有代价,你准备就把这名声作为代价交出去,然后再靠诊所捞回来!对于后者,你打算不断地折磨她,直到她自己不愿拖。有天夜里做梦,你甚至在梦中已向她的茶杯里下了毒药。大约是在那个风雨之夜过去半月之后的一个晚上,你正准备睡,门忽然被推开,风云拉着她的小女儿走进来。你先以为她是来找你闹事的,就冷冷地望着她,不想她竟拉着女儿"扑通"一声朝你跪下,呜咽着叫一声:"邹艾,救救我吧!"你被这种从未料到的场面惊呆。"开怀天天打我、骂我,逼我和他离婚,我知道他是为了你,他喜欢你,他想和你结婚!"她呜咽着说,"我晓得他不喜欢我,我嫁给他的头一天夜里,他做梦还在叫着你的名字。那

207

时你不在家,他没有想头,你一回来我就知道坏了,他这些天的心变得多狠呐,你看看!"她边说边猛地撕开衣衫,于是她肩头、胸前、臂上,一条条的血印顿时呈现在你的眼前。你打了一个冷战。你看见她胸前有一道伤口还正在渗血,你的心抖了一下!"我这会儿怎么能同他离婚?离婚了我自己还好说,大不了去讨饭,可孩子咋办呐?老大正在上学,洗衣浆衫谁管,小女儿才几岁,跟我一块讨饭,狗咬人欺,受得了?她日后长大向我要爹,我怎么给她说?邹艾呀,求你看在两个孩子的分上,给开怀说说,他现在只会听你的话,别人谁的话他都听不进,你要救了大嫂这一回,大嫂下辈子就是当牛做马也会记住你!……"

你被她这番哭诉弄怔在那里,你不知该如何说话,你六神无主、心乱如麻,你在她的呜咽声中只说出一句。"你站起来!""不,不,你不答应俺就不站起来,俺求你了,俺娘仨都求你了!"风云的哭声越来越高,这哭声一点一点软化着你的心,当那个一直愣愣站在风云身边的小女孩也"哇"一下哭出声来时,你觉得你的心被揪了一下。你突然记起了巩厚刚死后你一个人拉扯茵茵过的那段日子,想起了临离鲁市时你拉着茵茵的手坐上三轮车在雨声中赶去火车站的情景,忆起了你一个人带孩子走进镇医院那间土房时的心境,你觉得有一股泪水想涌上来,在那一瞬,你不知不觉地说出了:"我不准他和你离婚,你们起来吧!"话一出口,你就知道,你的又一个希望破灭了,你又一次把你的幸福扔掉了,扔掉了!

第二天晚上,开怀又像往常那样来到你的房里,他随便地坐在床沿脱着鞋,你强忍住心中又涌上来的那股想要扑上去死死抱住他的欲望,声颤颤地说:"开怀,回去吧,以后不要再来了。"他吃惊地停住正脱鞋的手,直直望着你,你颤着声把风云哭求的事说出来。开怀咬住嘴唇一句话也没说,脸阴沉得怕人。他狠狠地盯了你许久,然后猛地转身走出了门。

两辆自行车在街上无声地滚过,电镀的车圈在阳光下一闪一闪。蝉声时断时续时高时低。空中仿佛有鸟飞过,被太阳晒白的街面上有块黑影一掠。

"妈妈,你说我这个计划怎么样?你怎么不说话?"

邹艾没有理会女儿的询问,双眼仍定定地盯着那个紫色的瓷盆。

……湍花和南阳从此便在盆地里生活,把自己居住的地方就叫做南阳盆地,他们生下了一女一子,生活倒也快活。但渐渐地,独居盆地的苦恼和烦躁也接踵而来,最使他们烦恼的是他们不会盖屋,拼力搭起的窝棚不断被风刮坏,一家人常常被迫站在风雨里,苦恼焦躁中,湍花就和南阳商议:不知盆地外的人是怎样搭房盖屋的,我想悄悄出去看看……

"妈妈,我们只要在美国定居,按世俗的说法你的后半生和我的大半生就可以和任何人相比。如果人生是可以彼此比较的话。其实所有的人生都是虚妄,能比出什么名堂?我不过是站在世俗的观点上来劝你!"

孩子,妈妈就信奉这种世俗的说法,妈妈认为人生可以相比,妈妈不去美国定居照样敢拿自己的人生同别人比比!正是因为你有这种自信,所以那次你愿倾尽全力把你的仇人秦一可救活!那日傍晚你正在吃饭,忽听街上传来一个女人的哭声,你出门一看,原来是几个人抬着喝了毒药寻死的秦一可向你的医院里跑,后边跟着他那大声哭喊的女人。你问了街人方知秦一可所以喝毒药寻死,是因为上级最近接到举报来查他贪污受贿和"文化革命"中的问题,他怕了。你听罢心里突然感到一阵极度的轻松,你急忙扭过脸,你怕人们发现你脸上那股抑不下去的高兴。啊,秦一可,你也有这一天呐!你接下来继续回屋吃饭,你特意倒了一杯葡萄酒惬意地喝着。你头一次发现,酒原来是这样甜!但你没有喝多久,值班的医生跑进了屋,那天晚上值班的刚好是个年轻医生,他慌慌地告诉你,秦一可生命垂危,请你亲自去看看。你当时迟疑了一刹没说话,想法拖一阵,让他死吧!死了才好!但仅仅是一刹,你就改变了主意!用这个办法让他死实际上是你没有胆量和力量的表现!应该让他活!你当时霍地站起身来,飞快地向医院急救室跑,你使出最大的本领,使用最好的器械和药物对他进行抢救,灌药、导呕、灌肠、洗胃、输液、肌注,几个小时后,你到底又让他回到了阳世。当他终于睁眼望着你时,你听见他微弱地叫:"为什么把我救活?我没有求你!没有求你呀!"你轻松地笑笑,用只有他一个人可以听到的声音说:你不想把这一生拖到最后,这我明白,因为你过去享受到的快乐太多,你担心后边会有痛苦！你对你的余生失去了自信,但我决不会让你如愿！让我们都活下去,让我们都看看自己的后一段人生,让我们把阳世给我们的那份东西都吞完再走！在你没吞完你该吞的那一份之前,你要溜走也不容易,我要尽力阻止！你别想轻易离开人间,明白?！

你说完那番话之后,你看见他眼中露出了真正的恐惧,喉结抖抖地蠕动了许久。你估计他有话要说,便俯下身去听,可你只听到一声深长的叹息……

一辆独轮车吱吱呀呀从门前推过,车上坐着一个捂腹呻吟的病妇,邹艾的身子本能地站起,但转瞬便又坐了下去,倘是你的医院还在,你立刻就可以为她诊治。

"妈妈,说话呀？我的计划怎么样？你不要以为我是纸上谈兵,我很快就要去实现！对金斯我有绝对把握！我已经通过现今留美的朋友对金斯的家庭背景和他本人的经历做过调查。"

邹艾依旧没应声,甚至眼睛都没往女儿身上看,仍凝望着周家窑出的那个紫瓷盆。

……湍花于是便挎上包袱,急急地向山外走,一心想去看看盆地外的人造屋的法子,可她哪里知道,阎王当初为了防止他们逃离这个囚禁之地,早在四周施了魔术：人一爬上山坡,就有怪风迎面吹来,直把人吹滚山根,湍花一次又一次爬上山坡,一回又一回被吹落山脚……

"妈妈,说吧,愿不愿跟我去美国定居?"

"茵茵,妈不怀疑你的计划实现的可能性,因为你是妈的女儿,你身上有我那股有了目标就要去实现的劲头,但妈妈不愿去美国定居,也希望你——"

"怎么?你对这个地方还在留恋?你在这个盆地里败的还不惨?你辛辛苦苦创办的医院现在在哪里?!"

是的,我败得很惨!我辛辛苦苦创办的医院已经毁于一旦!而且这不是我人生中的第一次失败,没有人知道这次失败对我的打击究竟有多沉重。

当时"康宁医院"挂牌之后,你在高兴的同时一心想使它更快发展!怎样发展?你琢磨路不过两条:一条是像你在部队医院那样,不断增添新的现代化的医疗设备,增加从医科大学出来的有知识的人,增买各种新型的化学药品;另一条,寻找并聘用有名的老中医,利用奇妙的中药治病。前一条路,每走一步都要很多钱,后一条路,费用会大大减少,而这后一条路走好了,又可积起钱来走前一条路。这样一想,你就先开始注意四处打听哪里有老中医,而且这中医还不是已经住在城市正在行医的。偶然一天,一个到医院治疗碰伤的男子顺口说起:他有一次去伏牛山拉木头,半路车翻腿被碰破,皮肉撕裂得很厉害,附近山村里有人看见,就回去拿了一种黑色的草药粉跑来,撒在他伤口上,立刻,不但血不再流,而且痛感也顿时消失。不过两袋烟工夫,那伤口表面就结了一层硬痂,他就可以站立起来走路。他当时曾问那黑药粉是什么药,那山村里人只答:是南山郝瞎子给的。你当时得了这消息,觉得值得去看看,就把诊所托付给陈开怀和桑大夫照料,带了点吃的,骑一辆自行车去了。你按照那病人说的线索,曲曲折折地找了三天,总算找到了那个山村,一问治红伤的药粉,人们就抬手指了一下南山,说:是那边的郝瞎子给的。你便把自行车存在村里,一人背个挎包向南山爬去,顺一条弯弯曲曲的小路爬了近三个小时,到了山顶,看见两间草屋掩在树丛中,到门口一看,只见一个老头正坐在屋内啃煮熟了的包谷。还没待开口,就见他扭头问:"可是来要药的?""是的。"你发现他有一只眼是瞎的,在答话的同时,你装作弯腰提鞋,飞快地用随身带的水果刀在小腿肚上割破了一个口子,你想试试他的本领。他捏着你的腿肚,从腰间摸出一个小葫芦,从中倒出一撮黑色的药粉,往伤口上一撒,果然,不但血立时止住,而且痛感顿时没有。大约十五分钟之后,伤口开始结一硬痂,手摸上去竟没什么感觉,如同没伤一样。你暗暗惊奇:这药比云南白药和目前部队医院使用的最新止血止疼外伤药都要强不知多少倍,倘若诊所有了这药,所有的外伤病人岂不都可以轻易解决?你于是坐下同他拉呱,想弄清他还有什么本领,你拿出挎包里的烟和糖让给他,老头挺高兴,就告诉你他还能接骨,而且接骨不用刀,只是在断骨处的皮肤外边涂一层黄色的药膏,不论什么样的骨折,三七二十一天后就可接住,而且边说边拉出一个瓦罐让你看里边的黄色药膏。他这本领当时没法验证。不过你相信这话是真的。你问他这本领是跟谁学的,他说是跟他爹,他们家几代人就住在这山上。如今他一个人过日子,附近山村里若有人来讨药,就给他带来一点粮食或青菜,算是一种交换。当你提出请他下山去诊所里当医生时,他坚决地摇头不干,你再三劝说不行,最后没有办法,就问:"大叔,你一人这么大年纪过日子,愿不愿身边有个女儿?"这句话令他神色一变,他低声答:"那是自然。"你说:"既然这样,我就给你当个干女儿,将来伺候你的晚年!"说着,你就"扑通"一声跪在了他的面前。他见状一怔,急忙弯腰搀扶,声音有些发颤地说:"难得你有这片好心!快起来!"你在他那草屋里住了五天,每天喊十几遍"干爹",给他做饭给他洗衣,终于感动了他。五天后,当你又一次提出请他下山去诊所时,他点了点头。他拿上了他采集的一袋子中药和两罐配好的药粉药膏,同你一起下了山。

回到诊所后,你安顿他住下,叫茵茵过来认了干爷爷,让他歇息了一天,便找来一个小腿骨折病人让他治。他先是用独眼盯住患者的骨折部位看,十几分钟后便仰脸向天,双手合于胸前,双唇轻轻嚅动,仿佛是在祷告什么。随后,他便开始在患者骨折部位的皮肤上涂那种黄色药膏,涂过片刻,那药膏就开始凝结成一种极硬的东西,如同一个铁壳箍在骨折部位,而且患者说有一种暖暖的东西向肉里渗。二十一天后,患者果然可以起立行走如没事一样。这消息立刻传开,吸引了大批骨折病人。

此后,你又在离柳镇七十里的白河岸边找到了一个姓冯的老头,那老头正胎、保胎、堕胎的本领很奇特。正胎时,他先让孕妇喝一种紫色的药水;十分钟之后,便叫孕妇穿着衣裳轻轻松松站他面前,他在几步外朝孕妇腹部盯视一刹,说声:稍稍咬紧牙!接着便朝香炉插一炷香,作一个揖,徐徐吸一口气,抬起两手,在空中慢慢做出一个翻动东西的动作,那孕妇就哎哟一声讲:胎儿好像翻了个跟头。堕胎时,他则让孕妇坐在布帘后的一个桶上,他在帘外两米远的地方静立,缓缓吸气,慢慢抬起右手,在空中从上朝下轻轻一划,他的右手刚落,帘后的孕妇呻吟一声,随即便有胎儿坠落桶中的响动。他到医院后,妇科的病人激增。接下来,又在柳镇西边五十里外的一个小村里找到一位姓侯的老太太,她有一种特殊的本领,能让各种各样的孩子立刻安静下来,不管这孩子哭闹得多么厉害,只要她一到身边,便立刻停了哭声,睁大双眼惊异地望着她。她每给一个孩子看病前,都要在地上铺一块布,布上画一些看不甚分明的图像,让孩子坐那画布上。她给孩子配药时严禁别人在一旁观看,她给的药效力非常明显,感冒发烧的孩子喝了她配的黑色药汁,一小时后就可把烧退去。把她请到医院后,儿科很快便又兴盛起来。

老中医请到之后,你便开始办药厂。你原想办起药厂一方面方便临床用药,一方面对外销售以积累医院发展的资金,未料到就是这一步闯下大祸,导致了你整个事业的垮台,使你数年的辛苦归于惨败。你至今还记得那个后响,那个该诅咒的日暖风轻的下午,祸事就从那个时辰开始!当时你去刚建不久的药厂里巡查,领头的药工过来跟你说:咱厂里做的那种适于妇女滋补的膏滋药要用阿胶,库存的阿胶已经用完,去县上药店也没有买到，恰巧有两个从山东东阿来的阿胶推销员，随身带有四箱阿胶，专门来厂推销，并答应如果我们一次全买下可按市价再降百分之十，你说咱们买不买？在听完这话的最初一刹，你曾犹豫了一下，买不买？如今社会上卖假药的很多，可别上当受了骗！不过你转瞬便下了决心：待看了药品再说！万一是正宗阿胶，失去这个购买机会，厂里那几个负责制膏滋药的工人一时就没活干，而眼下快至冬令进补，正是这类药的销售旺季，停干一天就少赚不少钱，少赚钱就会推迟康宁医院扩大发展的时间。于是你和那个药工一起到厂门口去见那两个推销员，你怀着戒备先查验了他们的身份证件，没错，是山东东阿阿胶厂的正式推销员；又查看了他们所带的阿胶的商标，没错，是正宗阿胶的标准商标，包装也十分正规；接着便让他们打开箱子看货，你过去不止一次地使用过阿胶，你自信能够辨别真假，你接连从四个箱子底层摸出十几包来查看，没错，都是正宗货！可你还有些不放心，你突然声色俱厉地朝那两个推销员喝道：你们竟敢拿假药来糊弄我，走，去公安局！未料那两个推销员竟脸不变色地叫：嘀！你诬赖人，走，到公安局鉴定去！至此，你认为万无一失，才含了笑说：我是想试试你们，既是真的，我们药厂就全买了！说完这话，先是药厂来人喊那个领头的药工回去接电话，后是医院来人喊你去接待税务局的一个官员，你担心离了人两个推销员再做什么手脚，着急之中，刚好看见开怀从那边过来，便叫住他说：你领这两位推销员带上阿胶去厂里原料室收药付款，价钱按市价九折！开怀当时点点头，没问什么便领两人向厂里走了。你转身出了药厂门想回医院,在门外不远处你碰上了缩肩伛背的秦一可,你不想同他搭话,脸一扭径走过去,不料他倒在你身后开了腔:"你买了阿胶么?"你扭头狠狠瞪他一眼,重重朝他甩了一句:"你少管我的闲事!"便走开了!

这就是那个后晌发生的事情!你当时根本没想到这就是大祸的开端,世上所有大祸事的开端其实都很平常。祸事这个东西极其精明,它伸出触须时常使你毫无警惕。你很快便把这个正常的买药的小事忘了,创办一所医院要办的事情真是太多,你不可能把这件小事记住。直到一个月后,在你医院住院的两名妇女,因服用你自家药厂出的"邹氏妇女滋补膏"后,昏迷不醒出现中毒症状被送进急救室,你才大吃一惊,才猛然想起那天买阿胶的事:会不会是那阿胶有毛病?你一边和医生们一起急救病人,一边急令药厂收回销往各药店的"邹氏妇女滋补膏"。但是晚了,那批药膏早已上了邻近几座县城药店的柜台,有不少已经售出了。那两位中毒的妇女虽经抢救保住了性命,却都已瘫痪,你被这后果骇得双腿发软:什么问题竟会造成滋补膏这么大的毒性?你让人把药膏拿上去县城化验,人还没回来,县卫生局,工商局和公安局的三辆吉普车已经停在了医院门口,并立刻搜查了药厂,然后你被告知:"康宁医院"附属药厂生产的"邹氏妇女滋补膏",在使用的重要原料阿胶中,混有毒性很大的化工原料胶,致使服用者中毒,目前已造成七名妇女瘫痪!……你当时还没有听完,就觉天地一旋,你急忙伸手扶住门框才算没扑倒下去,你只在心里嘶喊了一声:天呀——接下来便开始了你此生最屈辱最痛楚最伤心的日子,你被关进医院的一间病房,交代你买那批阿胶的情况;医院和药厂都已停业;医院门外,七个瘫痪妇女的家属孩子不停地在那里喊着邹艾的名字咒骂哭叫要求赔偿;人们都像躲避瘟疫一样地站在远处向医院里望。

几天之后,审查人员告诉你,你所说的那两个推销员山东东阿阿胶厂查无其人,"他们的问题以后再说,现在先解决你的问题,你买了假药再加工出售且造成了恶果,受害家属已向法院告了,你的医院和药厂将被查封,你本人要被判刑!"那个胖胖的审查人员一字一句极清楚地说着。你愕然而恐惧地望着他,查封?判刑?你原来只想到赔偿经济损失,未料后果竟是这样严重?!完了,你的人生奋斗竟以如此结果告终!你当时什么也没讲,你只是绝望地用手捂脸,让身子轻轻地沿墙滑了下去……

不知过了多少时间,沉入绝望中的你感觉到有一只手在轻轻抚着你的头发,你估计是茵茵从学校回来了,你慢慢地抬起眼,脸前站着的却是开怀。他把端着的饭碗放在桌上,蹲下身正默默望定你,眸子里满是深深的关切和心疼,看到这张敦厚的脸,你心中那股巨大的委屈泛上来,大颗的泪珠涌出眼眶,急急地顺颊淌,你听见自己呜咽的声音在室内响。他无言地替你揩泪,一刹之后才低低地开腔:"来,小艾,吃饭,不能把身体弄坏!你不是要办医院吗?身体坏了怎么办?""还办什么医院?人都要判刑了!"你哽咽着说。"不会的,没人敢判你的刑!"他的声音沉稳而镇静。你有些意外地抬起泪眼,哽了声问:"你怎么知道他们不敢?""因为那天做出买阿胶决定的不是你！"他的嘴角现出一丝笑意。你有一刹没能听懂这句话，有些吃惊地摇头："不，做决定的是我。""是我！"他的眼睛含了笑奇怪地眨了眨，"是我决定让买掺有工业用胶的阿胶，是我领他们进厂开票收药的！责任全在我！"你怔了足有半分钟才明白他的意思，一个巨大的热浪轰然从心海里扬起，直朝你的心房冲来，哦，开怀！你猛地向他的怀中扑去，同时接连的摇头低叫："不，不，不！""别傻了，"他轻轻地拍着你的肩头，"坐牢需要壮实的身体，这我有！再说，你不是想办医院吗？努把力，慢慢再把康宁医院恢复起来！我问了律师，不过是二年，二年后我就又回来了！""不，不！"你的头在他的颔下摇动。"别再犟了，我进去比你进去划算。我又不办医院，想想你的康宁医院吧！""开怀——"你只是紧紧地抱着他的腰……

第二天早上，两个公安人员来通知你恢复自由，并告诉你：真正的肇事者陈开怀已向公安机关自首，是他动议并决定买下这批假阿胶的，至于他和推销员事先是否串通好我们还要查清，你只负有领导责任。你无言地听着，默默地看着他们把开怀带走，当开怀就要走出医院门口时，你抑制不住冲动地喊了一声："开怀——"他扭过身，严厉地瞪你一眼，目光分明在警告你：别胡来！……

审查人员要求：康宁医院和附属药厂因管理不善，停业整顿半年并罚款十万；对七名受害病人，每人赔偿经济损失和医药费三万元。你望着那几名瘫倒在床的妇女，心中怀着山一样沉重的负疚，你对这处理决定和赔偿金额没置一词，只默默地筹措钱款,你卖掉了大部分房屋和全部药品器材,如数把赔款送到了病人家属手中,把罚款交到了工商所里。那天晚上,当你把这一切都处理完毕,望着空旷破败的医院时,你多想大哭一场!也就在那个时辰,秦一可幽灵般地站在你身后,颤了声说:"我可以帮帮你!"你当时惊得霍地转过身,望定他冷了声叫:"怎么,你又来看笑话?"他讷讷地开口:"不,我是真心想帮你!我知道那两个假阿胶推销员在哪里,我也许能为你和陈开怀雪清冤屈!我顺便想告诉你我的一个判断:卖假阿胶给你不是一个孤立事件,这里边可能是一个策划好的阴谋,目的就是使你破产!"你的眉毛惊得跳了起来,你忘了发出惊呼,只让骇然的目光停在他脸上。

"我最后会把我了解到的全部结果告诉你,我现在只是想给你一个提醒,随着一个人事业上的不断发展,他的敌人也在不断更换!我不会再与你为敌了,我这辈子对你使坏太多,我现在想略略为你做点事,平日睡觉心里也安稳些。"他缓缓地说罢,便转过伛偻的身子疾步走了。你在越来越浓的夜色里站在原地,久久地琢磨着他说出的"阴谋"的含义……

"妈妈,下决心吧!离开这个伤心烦心之地,等我们在美国定居之后你再回头看看这儿,你将会为自己曾经生活在这儿而痛心不已!"

邹艾淡淡地瞥了一眼女儿,又把目光移向了那个紫瓷盆,盆内的一男一女仍静静立在原地。

……阎王坐在阴府大殿,看着湍花在阳间的山坡上跌倒爬起,爬起跌倒,冷冷笑道:累死你也休想翻过山去!我倒要看看你有多少力气……

"妈妈,你难道还想在这里干点什么?你能在这里干成什么?你至今难道还没有看透?走吧,走出去——"

"茵茵,妈也不愿一辈子就不离开这里,妈也想出去走走;但不是像你说的这种走法!你说的这种法子妈可以说已经试过一次了!妈不愿再靠什么金斯到美国去,如果妈将来要去美国,一定是美国人正式邀请我去的!你不要撇嘴!妈将来要去美国,她的身份只能是医药界名人而不是一个移民!你可以不信,但妈自己信!是的,我失败了,而且败得很惨!而且不是第一次失败!但你以为这次失败就可以让你的妈妈俯首帖耳顺从命运你就不算真正了解妈妈!我不会认输的!我还要再从头来!我还要再办医院!我不仅要让我的医院恢复到过去的康宁规模,还要使它更快地扩大发展;我不仅要使我的医院能诊治一般疾病,我还要组织中医去专攻皮肌炎、乙型肝炎、癌症、艾滋病等疑难病症;我不仅要保证使这四乡的病人得到最好的诊治,我还要争取把世界上患有疑难病症的大科学家、大政治家、大企业家、大艺术家们吸引到我的医院里来就诊。我不仅要把康宁医院办成全南阳、全河南的一流医院,我还要让它在全国、全世界出名,我要让世界医学发展史上载下'南阳康宁医院'这个名称!当然,这是有些狂,但人不能对成功要求太少、太小,前面的山头上总应该有新的目标,也许,世界就是通过人的奢望来控制人的!可我愿意被这种奢望控制!茵茵,这就是妈妈不跟你去美国定居的原因,妈妈甚至也不希望你走,但妈不拦你,你可以跟金斯去,你外婆当年最终决定不拦我去当兵,我如今更不会去拦你!只是不论你走到哪里你都尽可以放心:妈妈永远不会被失败击垮!当然,妈妈也可能被击垮,因为世上可以击垮一个人的东西很多。"

茵茵惊异地望着妈妈,仿佛此刻第一次看见她。

邹艾把目光从女儿身上移开,又望向了那个紫色的瓷盆,盆内那一男一女两个瓷人,依旧相搀相扶面含焦躁地立在那里。

……湍花不愿回头,不想让一家人继续住在那种随时会被风刮走的草窝棚里,她决心翻过山去,爬呀,倒呀,倒呀,爬呀,终于耗尽了最后一点力气,她一下子扑卧在地。坚定的决心使她的身体变成了一条河,汹涌的湍河水冲开山冈,径向盆地外飞去……

停歇了一阵的蝉鸣又骤然响起,热烈非常,如号角一样。

西斜过屋顶的阳光一点也没减轻热力,把用沥青铺的街面晒得白光四溢。

一辆马车飞快地从街面上驰过,嘚嘚的马蹄声响在阳光里……